Etti Ruhöfer

Etti Ruhöfer-Mentges

Geschichten für zwischendurch

BoD Verlag

Books on Demand

2015

Bibliographische Information der Deutschen Nationalbibliothek: Die Deutsche Nationalbibliothek verzeichnet diese Publikation in der Deutschen Nationalbibliographie, detaillierte bibliographische Daten sind im Internet über http://dnbdnb.de abrufbar.

© Edith Ruhöfer 2015

Herstellung und Verlag
BoD – Books on Demand – Norderstedt

ISBN: 9783738651959

Inhaltsverzeichnis:

Herzklopfen	7
Se(e)h – Kreise	8
Er nannte ihn Viktor	11
Endlose Minuten	13
Blutrache	15
Was dem Manne wichtig ist	17
Sie	19
Aber wenn es doch gut tut	20
Allez – hopp, Papa	23
Meine Straße	30
Freitag – Putztag	34
Unterm Apfelbaum	36
Hass lebt	41
Ewiger Wandel	43
Ausblicke	44
Grillparty	46
Ein zu langer Sommer	50
Steine	53
Gekostet und…	55
Die neue Hose	60
Ungeahnte Perspektiven	62
Verrückte Träume	66
Junggesellen	67
Berufswunsch	68
Der Schweigsame	72
Zuflucht	75
Die Eroberung	81
Endlich Regen	84
Neujahrsmorgen	87
Taktgefühl – keine Frage des Alters	90
Vision	91
Verloren	93
Spaziergang am Morgen	94
Wie lange noch?	96
Herbstgedanken	99
Eric	103

Gedanken, die immer wiederkehren	107
Unbekannte Welt life…	109
Ein schwieriges Vorhaben	111
Natürlich fernsehen	117
Hallo, alte Straße	119
Bombenhagel	128
Die letzten Kriegstage	130
Neudorf	134
Ein Blättchen am oberen Ast	140
Besuch im Altenheim	143
Friedhofsgedanken	145
Im Restaurant	147
Zockerrunde	153
Geburtstagsvorbereitungen	157
Lisas Geburtstag	160
Gedanken im Schnee	162
Es weihnachtet wieder	165
6 in einem Abteil	168
Reflexionen am Ende	
„Zwischen Petroleumlampen und Atommüll"	173

Herzklopfen

Sie hatte Bedenken. Dabei war der Tag wie geschaffen. Alles stimmte: Ein wolkenleerer Himmel, ein zärtlicher Wind und wie sie zitterte auch das Meer - allerdings unter der Sonne...
Oben auf dem Hügel, gegen dessen felsige Rückseite sich seit Menschengedenken aufdringlich und ungestüm die See drängt, stritten sie sich. Die Worte die er zu ihr sprach, blieben erfolglos, fielen einfach ins warme wogende Gras, in das sie vorher achtlos ihre Schuhe geworfen hatte. Barfuß lief sie seinem Drängen davon, gefolgt vom Wind, der fast spielerisch übermütig an ihrem leichten Baumwollkleid zerrte, es eins werden ließ mit ihrer Gestalt. - Welch ein Anblick! Sein Herz begann zu klopfen, als sich ihm die Feingliedrigkeit ihres Körpers offenbarte.
Drei Monaten waren schon vergangen, als sie mit Anmut und Liebreiz in sein leichtlebiges chaotisches Dasein gekommen war - eine zarte Knospe, die sich ihm nur zögernd öffnete. Zum ersten Mal in seinem Leben hatte ihn ein wundersamer Zauber erfasst. Sein Herz schwamm auf einer Woge von Glückseligkeit, seine Gedanken erhoben sich in Wolkenberge ... Warum nur sträubte sie sich? Sie hatten diesen Tag doch gemeinsam geplant. Enttäuscht wanderte sein Blick den Hügel hinab. In der Bucht rebellierte ein Boot gegen seine Verankerung, als fordere es die Freiheit, um dem anderen zu folgen, das da draußen mit einem Liebespaar auf den Wellen tanzte. Bei diesem Anblick packte ihn Sehnsucht. Er wandte sich wieder seiner Begleiterin zu und nahm sie in den Arm. „Bitte, lass uns doch!" Kaum merklich entwand sie sich ihm. „Heute nicht. Ich habe Angst!",

erwiderte sie. „Ich werde Acht geben. Das verspreche ich. Aber komm, ich hab mich so darauf gefreut." Er legte seinen Arm um ihre Schultern. Siehe da, sie schien bereit. Als er hinter ihr den schmalen Pfad hinunterging, konnte er den Blick nicht abwenden von ihrem feuerroten Haar, der grazilen Gestalt, die da immer noch barfuß vor ihm herging und in jeder Hand einen Schuh baumeln ließ.

In der Bucht angekommen, zögerte sie noch einen kurzen Moment, bis sie endlich einwilligte. Ein lustiger Dritter, der hinzugekommen war, hatte ihr Mut gemacht, stand den beiden sogar zur Seite, ihr Vorhaben endlich in die Tat umzusetzen. Er half dem erwartungsvollen Paar durch einen kräftigen Stoß. Nach einer Weile klang ihr Lachen übers weite Meer - ein befreites glückliches Lachen. Gut gelaunt meisterten sie jede Welle. Als aber Wind aufkam, stand wieder Angst in ihren Augen, denn der Wellengang wurde bedrohlich stark. Nur mit wildestem Paddeln konnten sie die Anlegestelle erreichen. Sonst sähe man die beiden sicher heute noch schippern, vielleicht sogar bis Amerika. Wer weiß?

Se(e)h – kreise

„Aufstehen! Es ist Montag. Montage sind scheußlich – ungefähr wie Lebertran nach einem Zuckerbrot. Ich mag sie nicht, hörst du? Besonders wenn es regnet, so wie heute."

Eine halbe Stunde später zwängen wir uns in den vollen Bus, erwischen sogar einen Platz. Die meisten Fahrgäste

dösen vor sich hin. Quietschende Scheibenwischer quälen sich über die Frontscheibe – quietschbru, quietschbru – einschläfernd!
Gelangweilt male ich einen Kreis auf die beschlagene Fensterscheibe – sieht aus wie ein See in einer nebligen Landschaft – ein Se(e)hkreis. Ein paar Tropfen rollen über seinen Rand - zerreißen ihn. Ich male noch einen – für jeden Monat einen? Der Gedanke gefällt mir – zwei Monate.

„He, freust du dich? Nur noch zwei Monate – langsam, da brauchst du doch nicht gleich auszurasten!"

Am Friedrich-Wilhelm Platz klemmt die Tür; ein paar Mal pufft die Hydraulik – tsch pff, tsch pff – die Tür öffnet sich. „Verdammt! Scheiß Tür!", kommt es aus dem grellroten Mund eines jungen Mädchens, dessen Schirm in der Tür hängen geblieben war.

„Da solltest du lieber nicht hinhören."

„Der Mief hier ist ja ätzend!", sagt wieder die mit dem roten Mund, und drängt sich energischen durch die sonntagsmüden Leiber.

„Siehst du, so geht das jeden Tag, quetschen, schieben, schubsen, und montags noch gähnen und der Kampf gegen die Schwere der Augenlider auf den immer gleichen Gesichtern – wie der da gegenüber mit den ausgestreckten Beinen. Er hat schon aufgegeben. Oder der von der anderen Seite. So nach und nach erschlafft jeder seiner Muskeln – die Lider, der Hals, die Arme – pass auf, gleich wird ihm die Tasche aus der Hand fallen und das Klatschen auf dem Boden jede weitere Muskelschwäche verhindern. Nachmittags solltest du ihn sehen,

da ist er immer hellwach, witzig, voller Übermut, nicht zu überhören.
Der neben mir gähnt dauernd, er hält zwar die Hand vor den Mund, aber der Atem dringt durch seine Finger und streift meinen Hals. – Haaaa… Gähnen ist ansteckend. Du scheinst nicht müde zu sein, obwohl du in der Nacht so unruhig warst. Aua! Gib doch jetzt wenigstens Ruhe! Die von eben, weißt du, die mit den grellroten Lippen, schiebt dauernd einen Kaugummi hin und her, ohne ihren Mund zu schließen. Sie schmatzt. Schmatzen ist grässlich, das solltest du niemals tun. Jetzt gähnt sie auch noch, und der weiße Gummi auf ihrer Zunge ist zu sehen – igitt! Weißt du, früher hat mich das alles amüsiert, jetzt geht es mir auf den Geist. Aber es sind ja nur noch zwei Monate, die schaffen wir noch. Mein Sehkreis ist schon ganz zerfleddert – Au, werde doch nicht so rebellisch! – Ach, du hast keinen Kreis. Dann male ich dir eben einen. So, bist du nun zufrieden?"

Mensch, der neben mir geht mir auf die Nerven. Wie ein Gorilla klammert der sich an der Haltestange fest, bringt mir mit seinem Ellbogen die Frisur durcheinander –, rücksichtsloser Heini.
Dabei könnten wir es uns jetzt gemütlicher machen, denn der Bus ist schon leerer geworden. Nur noch wenige warten auf ihren Ausstieg.

„Hoppla, hast du dich erschreckt? Eine Vollbremsung und die kauende Schönheit ist dem Störenfried direkt in die Arme gefallen. Nun hängt der Bursche wenigstens manierlich da, mit nur einer Hand an der Stange.
Jetzt kann ich nur noch durch deinen Kreis schauen. Die anderen sind zusammengelaufen – doch die zwei Monate sind leider immer noch 2 Monate. Aber danach wird bald Frühling sein, hörst Du? Frühling wird sein. Wir wer-

den spazieren gehen, wann immer wir wollen, wir werden lachen, Unsinn machen und im Park in der Sonne sitzen – nein, lieber unter einen Baum, die Sonne könnte dir schaden. Wir werden es sehr schön haben und glücklich sein, jeden Tag, auch an den Montagen. Bus fahren – nur noch, wenn wir es wollen. Und sollte es regnen, uns wird es nichts ausmachen.
Au, stups doch nicht so. Ich kann mir ja denken, dass es eng in mir ist. Ein Wunder überhaupt, dass Du noch Platz zum Strampeln hast. Wie wird es wohl in zwei Monaten sein?
Weißt du, dass ich nie geglaubt habe, das in mir jemals ein kleines Menschlein wachsen könnte?"

Er nannte ihn Viktor

Für gewöhnlich dringt kein Regen durch das dichte Buschwerk unter dem Dachvorsprung am Fuß der Kirche. Aber in der Nacht gab es ein Unwetter.
Wie kleine Kristallkugeln rollen Regentropfen von Viktors Schlafsack, als er den Reißverschluss öffnet. Sein Körper ist heiß wie ein Feuerball.
Und heute kommen die Gärtner, geht es ihm durch den fieberheißen Kopf. Er weiß genau, an welchen Tagen der Rasen geschnitten wird, denn dann packt er seine Schlafstatt zusammen. Er will nicht, dass man ihn hier findet.
Viktor ist kein Penner im üblichen Sinne – mit langen Haaren, Bart und vom Alkohol geröteten Augen. Viktor rasiert sich regelmäßig, säubert die Schuhe mit Zeitungspapier und hängt seinen Anzug ins Gebüsch, bevor

er in seinen Schlafsack kriecht. Heute wird er nicht aufstehen können, da macht es nichts, dass der Anzug nass geworden ist, weil der Regen durch das Buschwerk kam. Schon gestern fühlte er sich nicht wohl – ausgerechnet an dem Tag, an dem sich in seinem sinnlos gewordenen Leben der Höhepunkt ereignen sollte, auf den er seit Wochen gewartet hatte. Auf dem grünen Plakat an der Kirchentür steht in großen schwarzen Buchstaben die Ankündigung von Brahms Deutschem Requiem. Als er es las, dachte er an Theres, an ihre gemeinsame Liebe zu sakraler Musik, an die Stunden, als sie sie noch gemeinsam hörten – damals...
Aber das war, bevor seine Stimme diesen blechernen Klang bekam, bevor das unerträgliche Klicken seiner Kanüle ihre Gemeinsamkeit zerstörte und er alles, was bis dahin sein Leben war, hinter sich gelassen hatte. Niemand sollte sich mehr von ihm abwenden müssen, niemand! Selbst dem Pfarrer, dem er manchmal begegnete, geht er aus dem Weg. Er antwortete ihm auch nicht, als der ihn einmal nach seinem Namen fragte. Seitdem nennt der Pfarrer ihn Viktor. Wie kann er mich nur Viktor nennen, mich, den Verlierer?
Seit gestern kämpft Viktors Körper gegen das Fieber. Gestern – was war gestern? Er lag auf seiner Schlafstatt hinter dem Buschwerk. – Das Requiem – er wartete auf das Requiem. Aber ihm war so heiß – ihm ist immer noch heiß. Hatte er es überhaupt gehört? – Ja, manchmal. – „Selig sind, die da Leid tragen, denn sie sollen getröstet werden..." Ganz schwach erinnert er sich. – Ganz aus der Ferne drang es zu ihm – „Sie gehen hin und weinen, wie..." Nur Bruchstücke drangen in sein Hirn. Er kämpfte gegen die Müdigkeit. – Das Requiem. – Immer dachte er, ich will das Requiem hören. – „Wie lieblich sind deine Wohnungen, Herr Zebaoth - Herr Zeba..."

Wenn nur die Gärtner nicht kämen, denkt er. Dann zieht es ihn hinein in die Stille eines grauweißen Strudels – tiefer –„ immer tiefer. Und plötzlich beginnt die Lautlosigkeit sich anzufüllen mit dem Klang des allmorgendlichen Glockengeläuts – mit dem sich nähernden Rasenmäher – macht sich breit in seinem Kopf – vermischt sich mit seinem schweren Atem, dem überlauten Klicken seiner Kanüle, und alles wird übertönt vom Hohngelächter der Fratzen, die ihn anstarren. Es dröhnt – dröhnt, wird lauter und lauter...
Viktor fühlt sich fortgetragen...

Endlose Minuten

Er stand mitten zwischen den vielen Menschen, die an der Haltestelle warteten und sich dann in den angekommenen Bus drängten. Alle mit der gewohnten Hektik. Und da lag sie plötzlich in ihrer ganzen Länge, mit hochrotem Kopf. Jemand hatte sie achtlos weggeworfen. Und just in dem Augenblick trafen sich unsere Blicke. Er hatte blaue Augen – das heißt, nur eines war blau, das andere leblos und weißgrau überzogen. Unwillkürlich musste ich an einen gekochten Fisch denken. Aber in dem lebendigen Auge war außer Erstaunen noch etwas anderes, das sich nicht deuten ließ.
Der Bus war weg. Jetzt waren nur noch wir da, ich, der mit dem leblosen Auge und sie, die immer noch am Boden lag. Ich ging ein paar Schritte näher. Von ihr konnte ich nur etwas Weißes sehen, weil er mir die Sicht nahm. Dann betrachtete ich ihn, der unentschlossen dastand. Dunkle Haarsträhnen kräuselten sich über das blasse

jungenhafte Gesicht und den weißen dünnen Hals. Etwas Beiges kam unter einer schwarzglänzenden Jacke aus Lederimitat hervor, und eine schwarze ausgefranste Jeans schloss sich an. Er trug braune Socken zu schwarzen, sehr alten Sandalen, und auf dem Rücken ein rucksackähnliches Behältnis. Ich wusste ihn nicht so recht einzuordnen. Sein Verhalten war sehr merkwürdig. Die Art, wie er vor ihr stand und dabei ständig zu mir rüberschaute, ließ ahnen, dass er versucht war, sich nach ihr zu bücken, sich aber nicht traute, solange ich mich in der Nähe befand.

Immer wieder begegneten sich unsere Blicke, und, obwohl das grauweiße Auge sich nicht bewegte, schien es mich ständig zu fixieren. Dann wusste ich es, er ist ein Stadtstreicher! Zwar noch ein Greenhorn, doch seine Zukunft schien besiegelt zu sein. Und was ich zu Anfang in seinem blauen Auge nicht zu deuten wusste, das war nichts anderes als Befriedigung darüber, dass das Schicksal sie, die immer noch am Boden lag, vor seine Füße landen ließ. Seine Gedanken schienen nur um sie zu kreisen, doch fehlte ihm die Courage für den letzten Schritt.

Sein Zögern forderte mich heraus, abzuwarten. Ich wollte wissen, wie er sich wohl weiter verhalten würde und schaute in eine andere Richtung. Er sollte das Gefühl haben, unbeobachtet zu sein. Doch ich tat es so, dass ich seine Bewegungen aus dem linken Augewinkel verfolgen konnte. Es kam jetzt nur darauf an, wer von uns den längeren Atem hatte.

Sicher fieberte er genauso dem Augenblick entgegen, sich nach ihr bücken zu können, wie ich mir wünschte, dass er es auch tun würde, bevor mein Bus käme.

Ich wurde ungeduldig, wollte aufgeben. Als ich mich zu ihm umdrehte, befand er sich gerade in gebückter Haltung, endlich entschlossen zur letzten Konsequenz. Sein blaues Augen wie ein ertappter Dieb auf mich gerichtet, hob er sie endlich auf, eilte in den Park, steckte sie zwischen seine Lippen und zog den Rauch gierig in seine Lungen.

Blutrache

Ich saß da – das heißt, vorher lag ich. Konnte nicht einschlafen. Also begann ich zu zählen, erst Schäfchen, dann einfach nur so, weil die schnuckeligen Vierbeiner alle durcheinander liefen und ich immer wieder neu anfangen musste. Ich zählte mit weit aufgerissenen Augen, das hilft nämlich beim Einschlafen – meistens jedenfalls. Die Augen ganz weit öffnen und aufhalten bis die Lider schwer werden. Irgendwann wurden sie dann auch schwer - so ungefähr bei 500. Schönes Gefühl, wenn sich endlich die Muskeln entspannen, das Rauschen des Blutes leiser wird, der Terminkalender sich zu verwischen beginnt und das Gefühl im Kopf so weich wird, und dann noch ein Engel singt – Ssssss... Schön!
Aber kurz vor dem endgültigen Hinübergleiten muss wohl Fräulein Knittel, die über mir wohnt, etwas umgestoßen haben. Na ja, sie ist 85. Das passiert ihr oft. Sie sieht schlecht. Mit dem Schlafen war's vorbei! Aber der Engel sang weiter. Ich glaubte sogar, seinen Flügelschlag zu spüren. Und als dann etwas ganz kurz meine Wange berührte, da war ich erst richtig wach und wusste sofort, das war überhaupt kein Engel! Das war eins von diesen kleinen widerlichen, durchsichtigen Biestern mit den langen Fühlern, das sich an mir gütlich tun wollte. Raus aus dem Bett! Licht an! – Nichts zu entdecken.

Ja, so saß ich dann da und wartete. Nichts tat sich... Raffiniertes Biest! Du wirst keine Freude an mir haben. Ich verhielt mich ganz ruhig, fühlte mich aber irgendwie beobachtet. Dann, das nervtötende Ssssss... direkt neben mir, und für Sekunden war das winzige Ungeheuer in meinem Blickfeld. Der Versuch, es zwischen meinen Handflächen zu zerdrücken, schlug fehl. Das Biest war schneller. Ein Klatsche hätte ich gebraucht, eine Klatsche! Und schon wieder ssst-tete es an mir vorbei. Ohne Zweifel, es war mir überlegen.
Ich werde strategisch vorgehen müssen, dachte ich. Punkt 1: Den Gegner orten, sich langsam nähern und – patsch. Punkt 2: Absicht ja nicht erkennen lassen, sich gleichgültig zeigen.
Ich zog Punkt 2 vor, stellte den Fernseher an und konzentrierte mich dann erst auf Punkt 1. Eine Weile tat sich nichts. Dann ein leises Ssss – Stille. Ich schaute mich vorsichtig um. Da, es saß auf dem Fußteil des Bettgestells und schien zu triumphieren. Mich erschreckte die Mordlust, die ich plötzlich empfand, obwohl ich mir gar nicht so sicher war, ob ich es wohl fertig bringen würde, es zu vernichten, ich konnte noch nie ein Tier töten und war es noch so klein. Aber es ärgerte mich zu sehr, dass dieses kleine Luder so eine Macht über mich hatte. So nahm ich dann doch das bereitgelegte Tuch, holte zum Schlag aus und, ssssst, schon hatte der Feind den Standort gewechselt und saß jetzt auf der Wand. Ich hinterher. Aber der nächste Angriff war ebenso erfolglos wie die vielen Angriffe danach.
Langsam sah ich in dem kleinen Biest ein Wesen mit einer ausgeprägten Wahrnehmung, das mir an Raffinesse weit überlegen war.
Gegen Morgen schlief ich bei laufendem Fernseher vor Erschöpfung ein. Als ich erwachte, traute ich meinen Augen nicht. Direkt über mir an der Wand saß mein Gegner,

dem es immer wieder gelungen war, mich auszutricksen. Ich hätte es wissen müssen. Wie heißt es doch? Ein wahrer Feind verlässt dich nie!"
Ich nahm wieder das Tuch, näherte mich ihm. Dieses Mal schien sein Spürsinn zu versagen. Komisch, in der Nacht sah sein Körper gegen das Licht so zart und durchsichtig aus, nicht so prall wie jetzt...
Auf meinem Arm entdeckte ich eine rote juckende Delle. Das Biest hatte mich also im Schlaf erwischt. Feigling! Seine Hinterlist machte mich noch wütender. Ich ging langsam auf die Wand zu. Faul und fett hing es da. Ich war fest entschlossen, meine augenblickliche Überlegenheit auszunutzen – drückte das Tuch fest auf die Stelle und spürte das Platzen des Körpers. Ein großer Blutfleck auf der Tapete und einer auf dem Tuch. Mir war nicht so gut, ich hatte es tatsächlich getan. Doch ich tröstete mich und sagte mir: „Schließlich war es ja mein Blut das ich vergossen habe..."

Was dem Manne wichtig ist...

Herr Knüppelmann, gerade mit dem Ankleiden fertig geworden, hatte offenbar nicht an seinen Bauch gedacht, der ihm seit langem bei vielen Gelegenheiten im Wege ist, ja, ihm sogar Atemnot verursacht.
Verständlich, wann denkt man auch schon an ein einzelnes Körperteil, wenn es sich nicht gerade unangenehm bemerkbar macht, etwa, wie man erst dann an seine Nase denkt, wenn sie zu tropfen beginnt.
Bei Herrn Knüppelmann ist es also der Bauch, der ihm große Schwierigkeiten beim Schnüren der Schuhe berei-

tet, so dass ihm das Blut in den Kopf steigt und die Augen aus den Höhlen treten.
Gott sei Dank, das wäre mal wieder überstanden! Als er sich davon ein wenig erholt hat, tritt er vor den großen Spiegel, ohne den er niemals mehr Gelegenheit haben würde, wie Frau Knüppelmann glaubte, die untere Hälfte seines Körpers problemlos in Augenschein zu nehmen, entschlösse er sich nicht bald zu der empfohlenen Diät.
Nun sieht Herr Knüppelmann sich in seiner ganzen Pracht und Herrlichkeit. O, Gott, denkt er, was die Zeit so aus einen machen kann. Soweit ist es also gekommen, dass ich erst vor einen großen Spiegel treten muss, um gewisse Details von mir sehen zu können.
Das Bier sei Schuld, meint Frau Knüppelmann. Ja, das gibt Herr Knüppelmann zu. Beim Bier fühlt er sich immer wie ein Mann, so lächerlich das auch klingen mag. Das rührt daher, weil er von seiner Frau eine so hohe Meinung hat, dass er sich manchmal wie ein Zwerg vorkommt.
Nun also ist aus dem Zwerg ein Mops geworden, geht es ihm durch den Kopf. Gut, zu ändern ist im Augenblick nicht viel. Um aber jetzt noch einen einigermaßen gut aussehenden Fünfziger darzustellen, fehlen da unten mindestens 2-3 cm, denkt er.
„Es fehlen doch 2-3 cm", ruft er Frau Knüppelmann zu, die dann auch gleich kommt und wie erwartet nicht seiner Meinung ist. Es geht hin und her, mal zieht sie mit den Worten: „Die Länge ist gut!", mal zieht er mit den Worten: „Nein, es fehlen eher vier als zwei Zentimeter. Eine Reserve von zwei Zentimetern wäre auf jeden Fall von Vorteil!"
Der Streit droht zu einem handfesten Ehestreit zu eskalieren, bis plötzlich, für Frau Knüppelmann ganz ungewohnt, der Zwerg Knüppelmann energisch zu verstehen

gibt, dass er nun keine weitere Diskussion mehr dulde. Noch einmal geht ein heftiger Ruck durch seine Hose, als er sie mit den Worten hochzieht: „Knick vorn, aufliegen am Absatz hinten, basta! Besser ein paar Zentimeter mehr, als Hochwasser zu riskieren", und er beschließt, die leidige Stilfrage für „unten 'rum" von nun an selber zu entscheiden.

Sie

Perfekt! Sie ist die Beste, lebendig, interessant – sie ist einzigartig, so, wie er sie sich vorgestellt hat. Er ist glücklich – könnte jubeln. Diese Nacht wird eine gute Nacht – sie wird neben ihm liegen.
Zufrieden schlägt er die Bettdecke zurück, beginnt sich langsam zu entkleiden – ohne sie dabei aus den Augen zu lassen, und nicht ohne sie hin und wieder zu berühren. Wieder greift er nach ihr – noch einmal vor dem ersehnten Schlaf – sinkt auf den Bettrand – schaut sie an – sehr lange, erst liebevoll, dann kritisch... Wie konnte er nur...? Wie konnte er denken, sie sei vollkommen? Nervös streicht seine Hand über sie. Wieder beginnt es in seinem Kopf zu arbeiten. Er wird sie ändern müssen! Er muss sie ändern! Wäre doch gelacht, wenn sie sich nicht zurechtbiegen ließe!
Stunde um Stunde vergeht. Seine Augen beginnen zu brennen. Seine Kraft schwindet. Es ist vier Uhr morgens. Er kann nicht mehr.
Als er nach kurzem, unruhigem Schlaf erwacht, liegt sie da, in der grellen Morgensonne, verunstaltet von unzähligen Wunden, die er ihr zugefügt hat. Lustlos hängt sein

Blick an ihr. Ob er es doch noch einmal versuchen soll? –
Ein letztes Mal stürzt er sich auf sie...
Langsam schwindet der Nebel in seinem Kopf. Er wird
locker, frei, schäumt über wie perlender Sekt... Geschafft!
Seine Augen tasten sie ab – er sollte – Schluss! Nichts
sollte er mehr! Jetzt bleibt sie, wie sie ist. Nur schwer
kann er es sich recht machen. Aber nach den Tagen der
Anspannung, der beflügelnden Erregtheit hat er vielleicht
schon den Blick für sie verloren.

   Noch einmal betrachtet er sie. Sein Gesicht entspannt
sich. Die Mühe hat sich gelohnt...
Es ist eine **gute** Geschichte geworden.

Aber wenn es doch gut tut…

Arbeitswut trieb mich neulich in den Keller. Aufräumen
war angesagt. In jeder Ecke Gerümpel und Kisten, angefüllt mit Dingen – irgendwann mal aus dem Leben geworfen –„ Abfall aus gelebter Zeit.
In einer dieser Kisten ruhte ein ganz besonderes Erinne-
rungsstück – eine mit edler Spitze gearbeitete Bluse. Sie
war aus der Zeit, als Schwiegermuter noch über mich
herrschte – sie mir beizubringen versuchte, eine gute
Ehefrau und Dame zu werden. Ich trug diese Bluse zu
einem petrolfarbenen Kostüm, zu dem meine Lehrmeiste-
rin mir dann auch noch einen weißen Hut, Spitzenhand-
schuhe und Handtasche verordnet hatte. All dies gehöre
zu einer richtigen Dame – meinte sie. Schwiegermama
wusste immer, was für mich gut war...
Obwohl ich Kostüm und Bluse lieb gewonnen hatte,
musste ich mich irgendwann von beiden trennen. Sie wa-

ren zu aufdringlich geworden, schmiegten sich an meinen Körper, als wollten sie mich erdrücken. Die Bluse mit der kostbaren Spitze wanderte zwecks Wiederverarbeitung in den Keller.

Nun lag sie zum Trennen auf meinem Küchentisch. – Gerade, als ich die Schere ansetzte, dachte ich, zieh sie doch mal an. Ich war selbst neugierig, was inzwischen aus mir geworden war, und zog die Bluse an. Dieses Experiment gelang aber nur, weil sie ärmellos und aufknöpfbar war. Das Vorderteil reichte mir im Umfang nur noch von einer Brustwarze zur anderen. Die Armlöcher umspannten meine Oberarme wie Schraubstöcke. Jede Bewegung schmerzte. Meine innere Stimme jauchzte, stachelte mein schlechtes Gewissen so richtig an, ha ha, damals habe ich dich gewarnt, als du glaubtest, dein Geheimnis wäre nur Medizin für deine Seele. Ich überhörte die Schadenfreude.

Mit ausgestreckten Armen stand ich vor Paul und sagte lachend: Kannst du dir vorstellen, dass ich da einmal reingepasst habe?

Sein grinsendes Gesicht kündigte schon eine seiner ironischen Antworten an. Ich sei jetzt eine doppelte Existenz, meinte er.

Wenn er die Ursache meiner Verdoppelung wüsste – fast hätte ich sie ihm verraten, aber tat es dann doch nicht. Es war mein Geheimnis und so sollte es auch bleiben.

Verstohlen schaute ich in den Spiegel, strich mit den Händen über meinen Körper und sagte zu mir: Na, du altes Modell, bist ganz schön gepolstert. Eine doppelte Existenz bist du. Ich ging näher an den Garderobenspiegel heran, um mich genauer betrachten zu können... Da sind diese kleinen Schwellen um Augen, Mund und Wangen – sie erinnern an eine verkehrsberuhigte Straße. Ja, das ist ein guter Vergleich. Immer wieder versuche ich mit den Daumen rechts und links der Wangen die Haut

zu den Ohren hin etwas zu straffen – sozusagen nach meinem Jugendantlitz zu forschen. – Eine vage Erinnerung ist da schon noch. – Der Lack ist ab. Was soll's? Schönheit und Weisheit gesellen sich eben nur selten. – Ich werde mich jetzt mit der Weisheit begnügen müssen. Schließlich kann man nicht alles haben. Dafür aber schwimme ich jetzt, wie es irgendwo geschrieben stand, auf der so genannten zweiten Leistungswelle. Sollen die schönsten Jahre des Lebens sein. Ha, ha! Abwarten! Irgendwo und irgendwann wird sich diese Leistungswelle ja bemerkbar machen...
Irgendwo? – Wieder der kritische Blick in den Spiegel – Warum nur gehen die Pfunde statt in die Breite nicht in die Länge? Und warum wird im Alter die Körperkraft weniger, während die Pfunde mehr werden...?
Was mein weit geschnittenes Kleid nun wieder ausfüllt, beunruhigt mich jetzt doch ein wenig. Auch meine Taschen werden größer, sind mit den Jahren genauso gewachsen wie der Stoffverbrauch für meine Kleider. Was schleppe ich auch alles mit mir herum? Zellstoffartikel, Faltencreme, Puderdose, Pillchen für den Kreislauf, gegen Kopfschmerzen, Herztropfen, ich weiß nicht, was noch alles. Die neue Tasche zeigt auch schon wieder Beulen. Aber – ach, gerade wollte ich sagen, besser die Tasche als ich. Doch der Blick in den Spiegel gebietet mir zu schweigen. Was ist denn geworden aus der weich fließenden Linie meines erst kürzlich neu erworbenen Kleides, unter dem sich alles so toll verbergen ließ? Nun muss ich schon wieder die Garderobe erneuern! Ja, ja, mein süßes Geheimnis fängt wirklich an, mir Kummer zu bereiten – Vielleicht sollte ich doch nicht mehr – oder wenigstens weniger?
Aber – hat Paul nicht neulich gesagt, rundliche Frauen wären gemütlich, gutmütig und warmherzig? Dann mag er doch pummelige Frauen! Und wenn Paul pummelige

Frauen mag, warum sollte ich da nicht mein Geheimnis lüften und ihm endlich sagen, dass es die Champagnertrüffel sind, die mich immer pummeliger werden lassen. Dann wäre endlich Schluss mit den Heimlichkeiten, und ich könnte ohne schlechtes Gewissen und in aller Ruhe meine geliebten Trüffel weiter essen...
Und was wäre, wenn Paul doch anders dächte und ich am Ende wirklich verzichten sollte? Was bliebe mir dann noch, ohne diese braunen, sahnigen, in Zucker gehüllten Köstlichkeiten? Sie sind es doch, die all meine geheimen Sehnsüchte überwinden helfen. Sie sind es doch, die mir Freude am Leben und die Kraft dazu geben, wo doch Kraft und Freude im Alter ohnehin mehr und mehr nachlassen...
Zum Glück gilt das nicht für die innere Kraft, der ich mir längst bewusst werden durfte. Sie ist ein Gottesgeschenk, diese innere Kraft! – Nur sollte sie nicht unbedingt alles so stark nach außen drücken
Schluss! Ich esse nun mal für mein Leben gern Champagnertrüffel. Deshalb beschließe ich jetzt Kraft meines Alters, mein Geheimnis weiterhin zu wahren, die genüssliche Versuchung niemals aufzugeben und meinem Anblick im Spiegel einfach mit Humor zu begegnen.

Allez – hopp, Papa

Auf dem Gehweg – Sperrmüll! Ein hässliches Wort für ein Stück Menschenleben, das da weg soll. Abgefahren, eingestampft. Nichts wird bleiben. Nicht einmal die Abdrücke von Händen, nicht der braune Nikotinschleier – gar nichts. „Darf ich?", fragt eine Frau. „Ich könnte..."

„Natürlich, nehmen Sie es nur."
Mutters kleines Nähschränkchen, das wenigstens wird überleben. Sie werden die Garne herausnehmen, es so lange säubern, bis an ihm nichts mehr von Mutter haften wird...
Vater hatte in dieser Wohnung nichts verändert, als Mutter vor neun Jahren starb. Viel Zeit hatte er sich gelassen, um zu ihr zu gehen. Es waren harte neun Jahre für ihn, denn erst als es Mutter nicht mehr gab, meldete sich sein Gewissen und ließ alle schönen Momente in seinem Leben verblassen. Kaum noch, dass sich ein entspanntes Lächeln auf seinem Gesicht zeigte. Dabei schien er das Leben immer leicht genommen zu haben. Die Ehe der beiden war nicht glücklich gewesen. Zu oft hatte er sich etwas anderswo geholt. Zu lange musste vom kargen Einkommen auch noch ein anderer kleiner Magen gefüllt werden – irgendwo...
Der Schaukelstuhl am Fenster wippt leise, als ich ihn berühre. Der Geruch von starkem Tabak hängt noch in der Luft. Jemand hat schon die Gardine abgenommen, die sonst immer beiseite geschoben war. Vater konnte dann den Himmel sehen – nur ein ganz kleines Stück über den gegenüberliegenden Häusern, deren schmutzige Dächer die Sonne heute golden färbt. Ein schöner Tag. Doch in den Räumen zeigt sich das Sonnenlicht unbarmherzig. Längst hätten die Wände einen Anstrich gebraucht. Ein paar Mal hatte Vater davon gesprochen. War es denn nicht möglich gewesen, die eigenen Dinge einmal zurückzustellen und an sein Alter zu denken? Man kann nun mal dem Tod nicht befehlen. „Ich habe noch keine Zeit zum Renovieren, also warte gefälligst!" – Nun ist es zu spät...
Draußen vor dem Fenster haben Kinder Hinkelkästchen auf das Pflaster gemalt und streiten nun, wer beginnen

darf. – Sie sind noch so unbefangen, wissen noch nichts von der Vergänglichkeit...
Ich fange an, die Vitrine auszuräumen. Wenigstens sie bleibt in der Familie, gut so. Der Schlüssel hängt etwas locker im Schloss. Ich versuche ein paar Mal vergeblich, ihn zu drehen, dabei denke ich an Mutter und wie sie geweint hatte, weil die Schranktür aufgebrochen und die spärliche Lebensmittelzuteilung, die eine ganze Woche reichen sollte, nun noch spärlicher geworden war. Hungrige Kinder sind wie kleine Raubtiere. Dieser verdammte Krieg war schuld...
Endlich gelingt es mir. Der Schrank ist offen. O je, er ist vollgestopft. Mutter konnte nichts wegwerfen. Es wird schwer sein mit dem Ausräumen. Ein prall gefüllter Schuhkarton, geheimnisvoll mit einer Kordel umwickelt, macht mich neugierig. Ich setze mich in den Schaukelstuhl und löse die Schnur. Als gehe ein tiefes Atmen durch den Karton, platzt er unter meinen Händen auf. Ein Teil seines Inhalts fällt auf den Boden. Männer mit gezwirbelten Bärten, auf den Nasen Kneiferbrillen, plötzlich aus ihrem Gefängnis befreit, schauen mich irritiert an. Ihre Hälse sind eingezwängt von hohen steifen Kragen, die man Vatermörder nennt. Eine treffende Bezeichnung. Mindestens hundert Menschenschicksale, über- und nebeneinander gestapelt, liegen erstaunlich leicht auf meinen Knien. Die meisten Gesichter sind mir fremd. Einige wecken Erinnerungen in mir, die längst verblichen waren. Ein großes Foto aus hartem Karton lässt sich nur schwer aus der Schachtel herauslösen – Vater im Clownskostüm neben seinem Meister am Hochtrapez. Dieses Bild gehörte damals zu meinen kostbarsten Schätzen. Stolz war ich auf meinen Vater, verehrte ihn und eiferte ihm in vielen Dingen nach. Immer wieder musste er mir erzählen, wie er vom Trapez hinunter ins Orchester und mit dem Kopf in die Pauke gefallen war. Und immer wieder wollte

ich die Narbe auf seiner Stirn sehen. Ich schaue zu dem Foto, das auf der Vitrine steht. Eine Ähnlichkeit zwischen dem jovial dreinschauenden Mann, der seinen Hut schräg ins Gesicht gezogen trägt, und dem kleinen, etwas traurigen Clown ist nicht zu entdecken.
Die Kinder vor dem Fenster spielen jetzt Auszählen. Die Spiele sind offenbar die gleichen geblieben. Eine Weile höre ich ihnen zu:

„Eene meene Muh, wie alt bist du?
Sieben!
Alt bist du noch lange nicht,
spring dreimal in die Luft und lache nicht."

Ich weiß es noch genau: die Mitspielenden müssen lauter Faxen machen, und wenn der Springer lacht, scheidet er aus. Ich konnte dabei nie ernst bleiben. Das Lachen der Kinder lässt den kleinen Kerl auf dem Foto plötzlich leben. "Allez - hopp!" klingt es in meinem Ohr, ich sehe ihn Purzelbäume schlagen, auf Händen rund um die Manege laufen, immer wieder angespornt vom Applaus des Publikums, seinem „Allez - hopp!" und dem fröhlichen Lachen draußen vor dem Fenster...
Armer Papa, früher ein Pfau mit gespreizten Federn, beklatscht, bewundert. Dann war die Familie sein Zirkus, sein Arbeitsplatz als Kellner die Manege. Die Gäste waren ihm ein dankbares Publikum, dem er einmal Charlie Chaplin, ein anderes Mal Fred Astaire sein konnte. Er jonglierte mit gefüllten Gläsern oder mit einem Stuhl auf der Nasenspitze, machte einen Handstand hier, einen Stepptanz dort. Selten brachte er den Gästen normalen Schrittes ihre Bestellungen an die Tische. Sie liebten ihn dafür. Doch manchmal stand er gedankenverloren am Tresen, kaute nervös an seinem rechten Daumen, der die Spuren seines unbefriedigten Inneren trug. In seinem

Blick lag die Sehnsucht nach dem anderen - seinem früheren Leben. Für seine Maria musste er seine Träume begraben, weil sie niemals einen Zirkusmenschen hätte heiraten dürfen. Dabei liebte gerade sie seine Späße so sehr... Jedes Mal, so erzählte Mutter, wenn sie ein Kind zur Welt gebracht hatte, hätte er vor ihrem Bett vor Freude einen Flic Flac geschlagen. – Trotz seiner Schwächen war er ein guter Vater gewesen. Mit der Dämmerung ist auch vor dem Haus wieder Ruhe eingekehrt. Nur noch schwach sind die Kreise und Hinkelkästchen zu erkennen, die mit weißer Kreide neben dem Berg von Sperrmüll auf das Pflaster gemalt sind.
Bald wird alles verschwunden, nur noch Erinnerung sein. Auf dem Schild an der Haustür wird ein anderer Name stehen. Die Leute, die Papa gekannt haben, werden manchmal noch fragen: „Weißt du noch, der Robert?" Aber Jahr für Jahr werden es weniger...
Bevor ich die Tür des Zimmers schließe, schaue ich noch einmal zu dem Foto, das auf der Vitrine steht.
Allez – hopp, Papa, du warst immer ein Clown geblieben...

Nach dem Begräbnis schrieb ich einen Brief an meine verstorbene Mutter:
Meine liebe Mutti, heute haben wir Dir Vater gebracht. Ich muss Dir noch einmal sagen, dass ich Dich sehr vermisse und Dich sehr lieb hatte. Aber das spüre ich erst richtig, seit Du tot bist. Jedes Mal, wenn ich von Deinem Grab komme, fühle ich, dass ich Dir etwas schuldig geblieben bin – Dich nie um Verzeihung gebeten habe für meine schlechten Gedanken. Ja, wenn Du mal meinem Willen nicht nachgeben wolltest, hatte ich Dir in meiner kindlichen Wut Schlechtes, manchmal sogar den Tod gewünscht, besonders wenn Du Vater von mir erzählt hattest und ich daraufhin Prügel bezog. Ich sah es

als Verrat. Dabei war es doch nur Deine Hilflosigkeit – Deine engelhafte Hilflosigkeit, die Dich meistens nur zum Weinen brachte. Du konntest nie schlagen oder strafen. Vielleicht empfand ich gerade das als Schwäche und war wütend, dass Du es nie schafftest, mir mal eine Ohrfeige zu geben. Im Stillen aber warst Du für mich fast eine Heilige...
Später habe ich mich oft gefragt, ob Deine Liebe ungebrochen geblieben wäre, wenn Du von meinen schlechten Gedanken gewusst hättest, ob Du dann trotzdem 1944 zweimal nach Podibrad gekommen wärst, um mich zu besuchen? Ich muss oft daran denken, was Du damals auf dich genommen hattest. Jede Fahrt in die Tschechei zwei Tage und eine Nacht mit dem Zug – dritter Klasse auf Holzbänken. Das kümmerte Dich genauso wenig wie Bombenangriffe und Tiefflieger, die sich einen Spaß daraus machten, Züge zu beschießen. Du wolltest zu mir...
Ich habe Dir nie gezeigt, wie lieb ich Dich hatte. Was wusste ich schon über die Liebe? Als ich klein war, wuchs ich in ihr auf, ohne zu wissen, dass sie mich umgab. Als ich dann älter geworden war und begonnen hatte, mich nach ihr zu sehnen, da war es nicht Mutterliebe, an die ich dachte, die war ja da – so selbstverständlich da. Aber sie wollte ich nicht. Ich bäumte mich auf gegen sie, wollte meinen Hunger nach Leben stillen.
Heute weiß ich, dass Du nie einen Dank erwartet hattest. Denn seit ich Christina habe, ist mir klar geworden, dass Mütter nicht erwarten, dass man ihnen dankt. Sie spüren es, erst am Druck der kleinen Ärmchen, wenn sie sich stürmisch um ihren Hals legen, und später, wenn die Kinder erwachsen geworden sind und kommen, um Trost zu suchen nach einer schmerzlichen Enttäuschung. Was sind dagegen schon Worte, Mama?

Wenn Du doch nur Christina heute sehen könntest. Du würdest staunen, was aus dem kleinen stillen Mädchen mit den großen traurigen Augen für eine hübsche Frau geworden ist, die ihren eigenen, wenn auch etwas anderen Weg geht. Christina glaubt an ein Leben nach dem Tod und daran, dass sie schon einmal gelebt hat. Dieser Glaube hat sie gefestigt und ihr geholfen, die schlimmen Kindheitserlebnisse während unseres Familienlebens mit ihrem alkoholkranken Vater zu verarbeiten. So kann sie heute anders darüber denken. Doch meine Schuldgefühle ihr gegenüber, weil ich es nicht geschafft hatte, ihr mit ihrem Vater an meiner Seite ein gerechtes und schönes Zuhause zu geben, sind geblieben.
Warum hast Du Dich nur so früh für immer verabschiedet? Ich hätte Dich so gerne einmal auf einer Parkbank sitzen sehen, losgelöst von Arbeit und Sorgen. Ach Mama, es ist so schön, auf einer Parkbank zu sitzen und einfach nur in den Himmel zu schauen. Dabei fällt mir ein, wie sehr du Musik von Lehar liebtest. „Himmelsmusik" nanntest Du sie. Meistens summtest Du nur mit, weil du den Text nicht kanntest, und das klang so wunderschön, wie man es nicht schöner aus einer Violine hätte zaubern können. Du müsstest die Musik heute hören, in Stereo von einer CD. Sie klingt viel schöner als damals aus unserem kleinen Volksempfänger oder später aus dem Grundig, an dem Vater ständig herumgebastelt hatte, weil das Geld für ein neues Radio fehlte. Höre ich heute Lehar, dann höre ich Dich summen, leise – ganz leise. Dann denke ich, dass „da drüben" doch etwas sein muss, etwas von dem, an das Christina so fest glaubt... Vielleicht wissen wir wirklich zu wenig über die Geheimnisse des Lebens und des Sterbens...
Nun bin ich fast so alt wie Du, als du von uns gingest. Was meinst Du, ob ich wohl noch ein wenig länger auf dieser Welt sein darf, als Du es konntest?

Ich liebe Dich, Mama...

Meine Straße

Fest verknotet war die dünne Schnur, die den Schuhkarton aus Mutters Vitrine zusammenhielt. Unter den vielen alten Fotos fand ich eins von der Straße, in der ich aufgewachsen bin. – Meine klingende Straße... Mutter lachte, wenn ich in jedem Geräusch eine Melodie zu hören glaubte. Kleine Träumerin, hatte sie mich genannt.
Je länger ich nun das Bild betrachte, umso mehr beginnt es zu leben. Plötzlich klingt Pferdegetrappel an mein Ohr... An der Gangart der Pferde konnte ich schon erkennen, welches Fuhrwerk gerade die Straße herunterkam. Das kleine zierliche Pferd des Lumpenmanns hatte einen tänzelnden Gang. Der Klang seiner Hufe auf dem Straßenpflaster war wie das leise Aufeinanderschlagen von Kastagnetten. Umso lauter die Stimme des Kutschers, wenn er rief: Luuuumpen, Luuuumpen! Viele bunte Windräder drehten sich an seinem Karren. Wenn er auf der Flöte seine Melodie spielte, liefen wir Kinder hinterher und sangen: Lumpen, Knochen, Eisen und Papier, ausgehauene Zähne sammeln wir.
Dann war da das Fuhrwerk der König - Brauerei. Das wurde von zwei besonders dicken Pferden mit langen Mähnen und Zotteln an den Beinen gezogen. Sie wirkten behäbig, gemütlich, und so war auch ihr Gang: - tacke tacke, schwoften sie dahin. Diese kräftigen Pferde habe ich mir besonders oft und eingehend betrachtet. Ich wollte unbedingt herausfinden, weshalb mein Vater von un-

serer Nachbarin, der Frau Pielke, immer sagte, sie habe einen Hintern wie ein Brauereipferd.

Dann war da noch der Eismann, der die Leute mit Roheis belieferte. Sein Pferd zog das rechte Hinterbein nach. Vielleicht hatte es Rheuma von der feuchten Kälte im Rücken. Den Eismann nannten alle „Goebbels", weil auch er einen Klumpfuß hatte, wie Goebbels, der Propagandaminister. „Goebbels" hinterließ überall eine feuchte Spur, weil sein Eis tropfte. Sein lautes „Brrrrr" war wie das Knurren eines bissigen Hundes. Wenn er den Eishaken in die durchsichtigen Stangen schlug, um sie auf die Schulter ziehen zu können, splitterten kleine Stücke ab, auf die wir Kinder uns stürzten, um sie zu lutschen. Mit Vorliebe steckten die Jungs sie den Mädchen in die Blusen, dann gab's Gekreische.

Meistens ging „Goebbels" in die Kneipe an der Ecke. Vorher band er dem Pferd einen Sack voll Hafer vors Maul. Aber nach Stunden stand das Pferd, das Maul immer noch im Sack, traurig im Eiswasser. Die Stangen auf dem Wagen waren so dünn geworden, wie die Glasbaumeln am Kronleuchter meiner Großmutter. Kam „Goebbels" aus der Kneipe, grölte und schimpfte er. Vater sagte dann: Das gleiche Großmaul wie der da oben. Dabei zeigte er mit dem Daumen immer in eine bestimmte Richtung. Natürlich meinte er den Propagandaminister, von dem wurde ja behauptet, dass sein Klumpfuß gar kein Klumpfuß sei, sondern das Versteck für die Batterie seiner großen Schnauze.

Jeden Morgen um die gleiche Zeit kam der Milchmann in unsere Straße. Der hatte zwar auch einen Klumpfuß, aber der war echt. Der Milchmann war ein freundlicher Mann. Schon von weitem rief die Glocke, die an der Seite seines Fuhrwerks befestigt war, die Leute mit ihren Milchtöpfen aus den Häusern. Es war jedes Mal ein Vergnügen zuzusehen, wie er das Litermaß, das innen am Rad der Kanne hing, hinein in die Milch tauchte, und ganz lässig über den Rand der Kanne einen Topf nach dem anderen füllte, ohne das Maß heraus zu heben. Danach klinkte er es am Innenrand wieder ein. Ich liebte den Geruch der frischen Milch, aber noch mehr die schlanken rehbraunen Pferde, die vor den Wagen gespannt waren. Wenn sie angetrabt kamen, klang das wirklich wie eine Melodie.

In unserer Straße roch es immer nach Pferdeäpfeln - nach braunen warmen Pferdeäpfeln, die im Winter richtig dampften, und auf die sich die Spatzen setzten wie an einen reich gedeckten Tisch. Frau Pielke war im Frühjahr ganz scharf auf den Pferdemist. Sie brauchte ihn als Dünger für ihre Erdbeerbeete. „Aber warm müsse se sein, damit's Pflänzle ebbes wird", ermahnte sie mich, wenn ich ihr einen Eimer voll brachte. Für die fünf Pfennige, die sie mir gab, kaufte ich an der Bude bei der dicken Berta Salmiakpastillen. Davon klebte ich mir einem Stern auf den Handrücken und leckte so lange, bis er erloschen war.

An manchen Tagen marschierten in breiter Kolonne die Hitlerjungen mit ihren Fanfaren durch die Straße. Eine Hand in die Hüfte gestützt und mit der anderen das Instrument in den Himmel gerichtet, bliesen sie aus vollen Lungen. Da war sogar Herr Pielke, der als einziger in der Straße ein Automobil besaß, respektvoll am Straßenrand stehen geblieben. Seine Brust blähte sich vor Stolz beim Anblick der „Neuen Generation". Manchmal marschierte auch er mit seinen Parteigenossen. Dumpf klangen die Stiefel auf dem Pflaster im Takt des „Links zwo drei vier!", und dann kam sein Kommando: „Ein Lied!" Und die Männer in den braunen Uniformen sangen aus vollen Kehlen: „Die Fahne hoch, die Reihen fest geschlossen!"

„Jetzt schnappt Pielke über", hatte Vater eines Tages gesagt, „jetzt will er wohl Adolf Hitler persönlich sein."

Und tatsächlich hatte sein Gesicht hitlerähnliche Merkmale bekommen. Sein glattes dunkles Haar war in die Stirn gekämmt, und unter seiner Nase war ganz deutlich der Ansatz einer Rotzbremse zu sehen.

Unsere Straße mündet in einen langen Tunnel. Vom fünften Stock des großen roten Backsteinhauses aus, in dem ich gewohnt hatte, erschien der Tunnel wie ein großes Loch, in das alles hineinplumpste, was sich darauf zu bewegte. Stand ich aber davor, war das Licht des Tages erst wieder hinter einer kleinen runden Öffnung zu sehen, so, als schaute ich durch die falsche Seite von Opas Fernglas. Damals glaubte ich, die Bahnlinien der ganzen Welt führten über den Tunnel hinweg. Abends, wenn ich aus dem Fenster schaute, war das Bahngelände ein großes Lichtermeer. Ich hörte das Quietschen der rangierenden Züge, das laute Tuuuuut, wenn sie ihren heißen Dampf in den Himmel pusteten, das immer schneller werdende Tsch, Tsch, Tsch, Tsch, wenn sie sich in Bewegung setzten, und das Geräusch der vorbeirasenden Züge – das sich näherte, anschwoll und wieder verhallte. Und mit jedem Zug träumte ich mich in die Ferne.

Irgendwann begannen die Männer in den braunen Uniformen öfter zu marschieren. Sie traten fester, entschlossener auf. Und manchmal, wenn ich gerade eine Schaufel geholt hatte, um für Frau Pielke Pferdemist aufzusammeln, lag er zertreten da. Sie waren einfach drüber weg marschiert – ohne hinzusehen – immer geradeaus – mit der ganzen Sauerei unter ihren Sohlen.

Mir war es noch einerlei, wohin sie marschierten. Was wusste ich schon von Aufrüstung, Mobilmachung und Krieg? Meine kindliche Unbekümmertheit ließ mich weiter träumen – abends, wenn die Geräusche zu mir aus dem Lichtermeer herüberkamen. Doch eines Tages erloschen die Lichter. Die ersten Bomben fielen. Die Angst ließ mir keine Zeit mehr zum Träumen.

Gestern sah ich meine Straße wieder. Sie ist jetzt eine Hauptverkehrsstraße. Der Tunnel ist zu einer gefräßigen Schlange geworden, mit einem Schild auf der Stirn, das Fußgänger vor Abgasen warnt – einer Schlange, die ständig Autos frisst und wieder auswürgt. Es hat sich viel verändert in unserer Straße. Aber die Sirene steht immer noch auf dem Dach des Hauses, in dem ich gewohnt habe und erinnert stumm an die Vergangenheit – an eine Vergangenheit, die sich nie wiederholen darf…

Freitag – Putztag

Für mich der scheußlichste Tag der Woche. Aber eigenartigerweise fühle ich mich heute herrlich – abgefüllt mit Glückshormonen.
Wie oft saß ich doch in letzter Zeit vor weißen Bögen, suchte die Herausforderung. Aber die Bögen blieben leer. Staub liegt auf meinem unfertigen Manuskript – dummer dicker Staub. Früher dachte ich, vorbei, das war's. Inzwischen weiß ich, irgendwann werde ich ihn wieder spüren – wie heute – schwupp, plötzlich war er da, der Kuss der – der – Dingsda – der Muse. Jetzt könnte ich wieder, aber es ist Freitag.
„Wenn ich an die Putzerei denke!" Eigentlich war diese Bemerkung nur für mich bestimmt, aber Paul hat sie gehört.
„Wollen wir's heute nicht lassen?" Pauls zaghafter Versuch, sich zu drücken, typisch.
„Nein, Putztag ist Putztag. Wenigstens einmal in der Woche ein Muss. Auch das wird irgendwann vorbei sein."

Ziellos fange ich an, in der Diele ein paar Sachen vom Garderobenschrank auf den Esstisch zu räumen, wo sie natürlich nicht hingehören, um sie gleich wieder irgendwohin zu packen, wo sie garantiert auch nicht – oder doch? Egal, an einem Freitag muss geputzt und aufgeräumt werden. Da heißt es, Paul mit gutem Beispiel vorangehen. Ich will ihn mir doch nicht verderben.
In punkto Hausarbeit sind wir ein gut eingespieltes Team. Sogar, wenn wir mal nicht miteinander reden, klappt es wie bei den Jahreszeiten.
Paul ist genauso schludrig wie ich und faul dazu. Eigentlich müsste er sich aber mit seinen sechsundsiebzig Jahren faul zu sein leisten dürfen, doch das will er gar nicht, er würde ja dann an sein Alter erinnert. Er hält es einfach, so sagt er, für seine moralische Pflicht, sich an der Hausarbeit zu beteiligen. Dieses Pflichtgefühl muss ich pflegen; und pflegen heißt, nicht selber schludern. Also, zack, zack!, wenn auch mit langen Zähnen.
Herrjeh, die schönen Gedanken rotieren in meinem Kopf wie der Staub, den ich mit dem Staubwedel verteile. – Gedanken in Staub gehüllt, hm, kein schlechter Titel. – Oder: Staubige Gedanken – Verstaubte Gedanken, oder noch besser: Entstaubte Gedanken. Ja, alles entstauben, das sollte ich unbedingt – alles entstauben und mit anderen Augen betrachten, etwas gleichgültiger, vielleicht ginge es mir dann besser. Doch das ist wieder eine andere Geschichte.
Wenn ich sie jetzt nicht sofort aufschreibe, die Gedanken, meine ich, dann sind sie weg. Und da liegt das Problem. Sieht Paul mich schreiben, muss ich mir sein „Nu mach doch!" anhören. Aber jetzt saugt er gerade das hintere Zimmer. Schnell an den Computer, bevor das Geräusch näher kommt. – Schon passiert! Ich vergesse immer, dass Männer viel flinker sind als Frauen. Also weiter. – Endlich! Wochenendputz beendet. Gleich

zwölf. Essenszeit! Keine Reste mehr im Kühlschrank? – Doch, eine halbe Dose Feuertopf. Fertigsuppen kann ich nicht ausstehen. Paul würde es ja reichen. – Aber wo kommt die Suppe eigentlich her? Ob Paul sich vielleicht auch, was das Essen anbetrifft, ab und zu mal in seine Junggesellenzeit hinüberträumt? Ist ja schließlich bis fast 50 an der Suppe alt geworden – sozusagen...
Nein, heute muss mal wieder was Vernünftiges auf den Tisch. Die schönen Gedanken müssen noch warten. Das Los einer schreibenden Hausfrau.
14 Uhr 30. Endlich sitze ich vor meinen Notizen, und nun? Von der Wand schaut Pauls „Liegende" faul aus dem Rahmen, daneben der Schwan. Er scheint mit seinem rechten Auge zu zwinkern und sagen zu wollen: „Mir schwant, als wärst du müde und hättest keine Lust mehr." Mit einem Blick auf die „Liegende" antworte ich: „Wie Recht du hast, Schwan, ich bin ja auch nicht mehr die Jüngste ..."

Unterm Apfelbaum

Das Haus, in dem Ayse und Ahmed wohnen, liegt dem Haus von Lisa genau gegenüber. In ihrem wie auch in Lisas Garten steht ein großer alter Apfelbaum. Diese Bäume waren der Grund, dass Lisa und Ayse eines Tages ins Gespräch kamen. Seitdem redeten sie oft miteinander, saßen mal gemütlich unter dem einen, mal unter dem anderen Baum bei duftendem Tee oder Kaffee. Manchmal setzte sich auch Ahmed zu ihnen, erzählte von seiner Heimat und dem Leben in seinem Dorf in der Türkei. So wuchs allmählich unter den beiden Apfelbäumen eine Freundschaft.

In letzter Zeit sitzt Ahmed oft allein dort, versunken in Erinnerungen. Er hat jetzt viel Zeit. Als man ihn in den Vorruhestand schickte, war das noch nicht so, er musste ja das Haus herrichten, das er vor einigen Jahren gekauft hatte – das Haus, in dem er einige Wochen nach seiner Ankunft in Deutschland schon mal als Mieter gewohnt hatte. Die Arbeit hat sich gelohnt.

Es ist ein schönes Haus geworden – wirklich – und der Garten erst. Ahmed muss wohl mit seinen Gedanken in seiner türkischen Heimat gewesen sein, als er die Beete angelegt und eine Bank unter den Apfelbaum gestellt hatte. Alles ist so wie im Garten seiner Kindheit. Manchmal glaubt er sogar, die Schritte seiner Mutter auf den festgetretenen Wegen zu hören, die rhythmischen Schläge, wenn sie die Hacke in den Boden trieb, um die aufgerissene trockene Erde zu lockern, hört ihr Lied, das sie nach getaner Arbeit sang, wenn sie sich unter den Apfelbaum setzte.

Nun ist Ahmed auch mit dem Garten fertig und beginnt seine Arbeit zu vermissen, die am Haus und die in der Fabrik. Auch die Gespräche mit seinen Kollegen fehlen ihm. Da ist zwar Rudi, sein Nachbar. Aber der hat sich so verändert, seit er Rentner ist, weiß nichts mit sich anzufangen, liegt den ganzen Tag mit einem Kissen vor dem Bauch im Fenster; und sieht er Ahmed, sagt er immer den gleichen Satz: „Siehste, Ahmed, jetzt brauchense uns nich mehr!" So wie Rudi möchte Ahmed nicht in den Tag hinein leben.

Wenn nur die ungewohnte Stille nicht wäre. Jahr für Jahr war das Dröhnen der Maschinen in der Fabrikhalle Bestandteil seines Lebens gewesen, dann kam das Zimmern und Hämmern an seinem Haus, und jetzt stört diese Stille, die fast schmerzt und sich nicht mit seinem Inneren in Einklang bringen lässt – in Einklang mit dem hektischen Durcheinander seiner Gedanken. Auch Ayse, die sowieso nicht allzu gesprächig ist, scheint auch immer mehr zu verstummen, seit die Kinder aus dem Haus sind. Meistens hört er sie in der Küche hantieren oder gemeinsam mit der Nähmaschine eine Melodie summen. Dann setzt sich Ahmed unter den Apfelbaum und überdenkt sein Leben.

Wie jung war er doch damals gewesen, als er aus seinem Dorf in Anatolien in dieses Land gekommen war. Deutschland bedeutete Arbeit – raus aus der Armut und mit dem Gefühl, gebraucht zu werden. Fünfundzwanzig war er und ahnte nicht, dass er so lange bleiben würde. – Wie ein Sturm waren die vergangenen Jahre durch sein Leben gebraust... Er denkt an die Enge seiner ersten Unterkunft, zusammen mit vielen anderen. Schwer war es für ihn gewesen, er war verschlossen, sensibel, ihm fehlte Unbefangenheit im Umgang mit Menschen. Manchmal, wenn er glaubte, ersticken zu müssen, ging er in den nahe gelegenen Park...

Er hätte Dirk nie kennengelernt, wenn er an jenem Abend nicht in den Park gegangen wäre, wenn er den Brief an Zuhause weitergeschrieben und nicht mittendrin gesagt hätte: „Ich muss an die Luft – ich muss allein sein!" Dort sah er, wie drei Männer immer wieder auf einen Wehrlosen einschlugen, der am Boden lag. Ahmed griff ein, ohne nachzudenken, obwohl die Schläge auch ihn trafen. Das war der Beginn seiner Freundschaft mit Dirk – der ersten Freundschaft in seinem Leben. Ein schönes Gefühl für Ahmed, denn seine Kollegen brachten ihm nur Misstrauen und Abneigung entgegen. Einen komischen Kümmeltürken hatten sie ihn genannt. Aber dann kam er plötzlich jeden Morgen fröhlich und aufgeschlossen zur Arbeit, redete wie ein Wasserfall, ließ singend die grauen, übelriechenden Abfalltonnen wie Brummkreisel unter seinen Händen tanzen, mit einer Geschwindigkeit, von

der sein Kollegen am Ende noch profitierten.
Mit Dirk hatte sich sein Leben verändert. Zuerst tauschte er seinen orangefarbenen Anzug gegen einen blauen Kittel und übernahm das Ersatzteillager in Dirks Betrieb. Später zog er dann zu Dirk ins Dachgeschoss des Hauses, das jetzt ihm und Ayse gehört. Grau und schmutzig war es gewesen. – Dirk sollte es jetzt sehen, er würde es nicht wiedererkennen. Es ist weiß gestrichen, hat sogar eine Zentralheizung, die besser wärmt als der kleine eiserne Ofen, neben dem sie beide damals im Winter frierend gesessen, heißen Tee getrunken, Pläne für die Zukunft gemacht und von gemeinsamen Urlauben geträumt hatten.
Von diesem kleinen eisernen Ofen voller Erinnerungen kann Ahmed sich einfach nicht trennen. Er hat ihn neulich vom Dachboden geholt. Nun steht er im Wohnzimmer, geschmückt mit einer hübschen Spitzendecke. Ayse hat ihre schönste Teekanne darauf gestellt, die mit den wunderbaren Ornamenten.
Aber nicht nur schöne Erinnerungen birgt dieser Ofen, denn irgendwann wurden die gemeinsamen Abende seltener. Immer öfter ging Dirk mit Geschäftsfreunden aus. Dann saß Ahmed alleine da. An einem dieser Abende ging er in den Park, wo er Gabi traf. Er hatte sie oft mit ihrem Wagen in der Werkstatt gesehen, wo sie sich ein flüchtiges „Hallo!" sagten. An diesem Abend kamen sie ins Gespräch, setzten sich auf eine Parkbank und unterhielten sich lange und angeregt. Auch am anderen Tag trafen sie sich und am nächsten und übernächsten...
Allmählich begannen Ahmeds Gedanken nur noch um sie zu kreisen. Er war so glücklich und doch fühlte er sich unbehaglich. Zuhause in seinem Dorf wartete Ayse auf ihn. Sie waren einander versprochen worden. Aber er war jetzt hier. Er war jung, spürte ein unbändiges Verlangen wie noch nie in seinem Leben. Immer wieder ver-

suchte er sich auf Ayse zu besinnen, doch mehr und mehr verschwand sie aus seinen Gedanken...

Er war wohl zu verliebt, um zu merken, dass Dirk plötzlich wieder viel Zeit hatte, die er mit ihm und Gabi verbrachte. Und eines Tages zog Dirk in ein schönes großes Haus am Rande der Stadt und nahm Gabi mit. Noch immer, wenn er daran denkt, macht er seine rechte Hand zu einer Faust, klopft unentwegt mit den Knöcheln gegen die Innenfläche seiner linken. Das macht er immer, wenn er erregt ist. Wie oft ist er damals zu dem Haus gegangen, um mit Dirk zu reden. Stand an dem kleinen Tor am Anfang des Weges, hielt verzweifelt die kalten Eisenstäbe umklammert, bis er einsah, dass es sinnlos war.

Der plötzliche Tod seiner Mutter hatte ihn irgendwann aus seiner Einsamkeit gerissen, in die er nach der Enttäuschung mit Dirk gefallen war. Nach dem Begräbnis kehrte er nach Deutschland zurück und brachte Ayse, seine Frau mit. Er war ihr ja versprochen. Nun saß er abends doch wenigstens nicht mehr allein neben dem kleinen eisernen Ofen...

Ahmed hat viele Gründe, mit seinem Leben zufrieden zu sein. In der Fabrik, in der er nach seiner Trennung von Dirk gearbeitet hatte, war er beliebt. Seine deutschen Nachbarn haben ihn und Ayse angenommen. Aber der wichtigste Grund ist seine Familie, zu der auch Tochter Selima und Sohn Tahrek-Ahmed gehören. – Zugegeben, am Anfang waren seine Gedanken oft bei Gabi gewesen. Bei ihr hatte er die große Leidenschaft gespürt. Aber Ayse hat den Orkan in ihm in einen warmen Sommerwind verwandelt.

Jetzt ist es still geworden um Ahmed und Ayse. Es fehlt das fröhliche Kinderlachen und die Geselligkeit mit den Nachbarn, die auch älter und ruhiger geworden sind. Früher feierten sie alle gemeinsam Ramadan. Jeder war willkommen und nahm gern vom geschlachteten Hammel, den Ahmed verteilt hatte. Und wenn 70 Tage nach Ramadan Bayram, das große Opferfest, gefeiert wurde, waren wieder alle da, seine deutschen und seine türkischen Freunde. Für drei Tage waren sie eine große Familie. Ahmed achtet sehr auf seine heimatlichen Sitten. Wünschte sich, dass sie in seinen Kinder fortbestehen würden. Doch Selima und Tahrek-Ahmed achten wohl die Traditionen, ihnen selbst aber bedeuten sie nicht mehr viel, seit sie erwachsen sind. Die Heimat von Ahmed und Ayse ist nun mal nicht ihre Heimat. Aber Ahmed ist stolz auf seine Kinder – auf Selima, die in einer Bank arbeitet, und auf Tahrek-Ahmed, der gerade sein Medizinstudium beendet hat. Das Leben hat es doch gut mit ihm gemeint... Er geht zurück ins Haus, wo Ayse mit dem Tee auf ihn wartet. Der Duft verbreitet Gemütlichkeit. – Mein Zuhause, denkt Ahmed und trinkt zufrieden vom süßen heißen Tee...

Hass lebt

Eigentlich wollte ich mit einer Freundin ins Kino gehen. Doch ich sagte telefonisch ab, weil ich einen anstrengenden Tag hinter mir hatte.
Entschlossen schleuderte ich auf dem Weg zur Küche die Schuhe von den Füßen, schlüpfte in die Pantoffeln aus Lammfell und setzte Teewasser auf.
Der Wasserkessel rief mich an den Herd zurück. Kurz darauf zog Teeduft durch die Wohnung und verbreitete Behaglichkeit. Als ich die Kerze mit den schönen Ornamenten angezündet hatte, war es so richtig heimelig. Ich

warf mich in die Kissen und horchte auf das heftige Pochen in meinem Körper, das langsam schwächer wurde. Ein Druck auf die Fernbedienung. Doch statt des angekündigten Films Transparente auf dem Bildschirm – Transparente mit Parolen wie: „Ausländer raus" und „Deutschland den Deutschen". Eine Sondersendung über ein Treffen von Neonazis. Hakenkreuze, überall Hakenkreuze! In Bussen und Bahnen hat man sie sogar in die Polster geschnitten. Die Füllung dringt nach außen. Der Anblick erinnert mich an Fotos, die lange nach dem Krieg veröffentlicht wurden, Fotos von Juden – nackt. Man hatte ihnen Hakenkreuze in die Haut geritzt, das Fleisch quoll hervor wie die Füllung aus den Polstern.

Mich fröstelt. Bilder von damals, die mir wieder ins Gedächtnis kommen, vermischen sich mit denen auf dem Bildschirm. Gruppen von Männern, die „Juden raus" und „Juda verrecke!" schreien und aus aufgerissenen Mäulern „Die Fahne hoch" und „Deutschland Deutschland über alles" grölen.

Sie sind wieder da, denke ich, versuchen, sich genau so überheblich zu behaupten wie damals, wälzen sich durch die Straßen, unheildrohend wie eine Woge, bereit, alles zu überrollen.

Die Szene im Fernsehen ist spannungsgeladen – es knistert, wie der Kandis im Glas, auf den ich den heißen Tee gieße. Keine Spur von Gemütlichkeit. Unbehagen kriecht in mir hoch. Ich blicke in Gesichter, meist kindliche Gesichter. Gewalttätigkeit, beängstigende Entschlossenheit und Hass steht darin.

Im Fernsehen wechselt die Szene. Lodernde Flammen auf dem Bildschirm verdrängen für Sekunden das schwache Kerzenlicht im fast dunklen Zimmer. Noch einmal wird von dem schon einige Zeit zurückliegenden Brandanschlag auf ein Wohnhaus türkischer Familien in einer norddeutschen Kleinstadt berichtet. Noch einmal zeigen

sie rußgeschwärzte Mauern, zwischen denen eine Frau und zwei Kinder sterben mussten. „Das Werk von Rechtextremisten", sagt der Sprecher in einem Rückblick auf die in letzter Zeit verübten Anschläge auf Ausländer. Dann weiß ich, was der Grund für diesen Rückblick ist. – Ein neuer Brandanschlag. Dieses Mal ganz in unserer Nähe. Hass ist überall, geht es mir durch den Kopf; nicht nur in den menschenüberladenen Großstädten. Wie ein Virus scheint er um sich zu greifen. Auch jetzt bleibt ein leeres mahnendes Gemäuer zurück. Verrußte kalte Wände, darüber die Reste des Dachstuhls, die wie ausgestreckte Arme in den Himmel ragen – anklagend – nach Hilfe schreiend, so, wie die fünf türkischen Bewohner, die in den Flammen ihr Leben lassen mussten – ermordet – aus Lust an der Gewalt. Verzweifelt ruft ein Türke in ein Mikrophon: „Hass ist Scheiße!"
Blumen schmücken die Fensterhöhlen in den schwarzen hohen Mauern, die alles das umgaben, was das Leben der Getöteten ausmachte. Nachbarn und Passenten haben sie hingestellt, in Gedenken derer, die einfach nur Mensch sein wollten.
„Hass entzweit, Hass vernichtet, Hass kreuzigt", schreibe ich in mein Tagebuch. Die Flamme im Stövchen ist ausgebrannt, der Tee kalt.

Ewiger Wandel

Endlich Frühling. Tulpen und Narzissen schmücken wieder den Garten. Eine Freude nach dem tristen Grau, das mit der Zeit so aufs Gemüt ging. Nun ist zwischen den Beeten wieder ein ständiger Wechsel zu beobachten. Die

braune Erde wird viele grüne Pflänzchen gebären, Blumen werden sich in den schönsten Farben zeigen. Auch der alte Apfelbaum, mal wieder aus seinem Ruhestand erwacht, hat vom kalten Grau zum zarten Grün gewechselt. Über kurz oder lang wird es wieder weiße Blüten schneien und sich eine Sterntalerstimmung verbreiten. Ich beobachte ihn fast dreißig Jahre. Er war damals schon nicht mehr der jüngste. Mit seinen Früchten, die inzwischen nur noch klein und wurmstichig sind, kann er wirklich nicht mehr protzen, und doch kehrt er Jahr für Jahr aus seinem Ruhestand zurück, grünt, sprießt und zeigt sich auch noch fruchtbar.
Ich selbst habe auch vor langer Zeit von Brünett zum kalten Grau gewechselt, habe eine schlaffe Haut bekommen, und abgesehen von guten Gedanken sprießt aus mir nichts mehr. Mein Ruhestand ist endgültig.
Aber wollte ich deshalb ein Baum sein, ständig an einer Stelle stehen, immer nur grau und grün tragen, hölzern sein und steinalt werden? Nein, mit ihm wollte ich wirklich nicht tauschen. Bei mir hat sich nun mein letzter entscheidender Wechsel vollzogen. Na ja, so ist das eben, ein Menschenleben ist nun mal kein Baumleben.
Für mich aber ist erst mal wieder Frühling – Frühling mitten in meinem Herbst...

Ausblicke

Ein einzigartiger Glanz liegt an diesem Nachmittag auf den verschneiten Wegen außerhalb der Stadt. Ich begleite Paul auf einem Spaziergang – fast schweigend – nur nichts zerreden. Das Geräusch unserer Schritte auf dem

verharschten Schnee sprengt fast die Stille, und ich wünschte, wir könnten leiser gehen.
Wie schön doch das Leben ist. Seit ich mehr Zeit habe, nehme ich es bewusster wahr, freue mich über jeden Tag. Ein junges Paar kreuzt unsern Weg. Ihre Freude ist wohl eine andere als meine – eine Freude noch voller Erwartungen... Flüchtig wischt der junge Mann mit seinem Ärmel den Schnee von einer Parkbank, nimmt seine Begleiterin zärtlich auf den Schoß. Sie legt ihren Kopf auf seine Schulter, spürt nicht, dass sie mit ihrer Wange den Schnee auf seinem Ärmel zum Schmelzen bringt. Ein Bild voller Harmonie und Wärme – ein Bild, das die ganze Fülle eines Lebens birgt, die, hat man erst einen Teil davon durchlebt, Ruhe erwachen lässt. Ich schaue Paul an, entdecke ein Lächeln auf seinem Gesicht.
Es hat wieder zu schneien begonnen. Ich streife meinen Handschuh ab, fange ein paar Flocken auf – Blumen aus Eis und Licht. Wie Kristalle liegen sie auf meiner Hand, bis sie zerfließen. Fast fühle ich mich wie eine Diebin, die ihnen ihre Schönheit raubte.
Übermut und Erinnerung drängen mich, hineinzugreifen in das luftige Weiß. Ein Schneeball zerspringt auf Pauls Rücken. Er wehrte sich. Wie ein Schlachtruf begleitet unser Lachen den kleinen Kampf. – Für einen kurzen Augenblick hatten wir einen gemeinsamen Gedanken...
Immer dichter wird das Schneetreiben und verbreitet Himmelsstille. In sie hinein klingt fröhliches Lachen, je mehr wir uns dem See nähern. Eine ausgelassene Schar schlittert über das Eis, saust auf Schlittschuhen umher, dreht Pirouetten, hinterlässt Spuren auf der verschneiten Fläche. Aufgeregt überfliegen die gefiederten Bewohner des Sees das Treiben, landen, rutschen auf ihren Hinterteilen, watscheln auf unsicheren Beinchen zur Wasserstelle und flattern zugeworfenen Brotstückchen hinterher.
– Ein Wintermärchen, wie es schöner nicht sein kann. Ein

paar Schritte weiter, und der Schnee dämpft wieder alle Geräusche, als hätte es nie etwas anderes als Stille gegeben.
Wie ein frischbezogenes Bett liegt vor uns eine große weiße Fläche, bewacht von einem Riesen aus Kristall, dessen Tage gezählt sind. Was nützt es ihm schon, ein Riese zu sein? Bald wird er zerrinnen und sich über die Wiese ergießen. Er wird vergehen wie die Stille, die Träume, die Jugend und wie das Leben...

Grillparty

Ein schöner Tag. Durch die Ritzen des Bahnhofsdaches mogelte sich die Sonne, warf gelbe Bänder über die grauen Schienen – der einfahrende Zug zerfledderte sie. Lisa war für ein paar Tage nach Bad Breisig gefahren. Paul hatte sie dazu ermuntert, was ihm nicht schwergefallen war. Er ist gern allein. Jeder lässt dem anderen seine Freiheit, akzeptiert seine Gewohnheiten – Pauls unausgesprochenen Ehegesetze! Sie zu beachten, macht die Ehe beständig. Lisa hat sich daran gewöhnt... Ausgerechnet wenn sie mal alles hinter sich lassen will, muss sie in den Regen fahren. So fällt es ihr nicht schwer, schon einen Tag früher als geplant zurückzukehren, und siehe da, wieder in die Sonne. Rosemarie und Gerd, die neuen Mieter aus dem Dachgeschoss, haben zur Gartenparty geladen – verspätete Begrüßungsparty. Schon einige Monate wohnen sie im Dachgeschoss. Ihr Namensschild trägt inzwischen auch nur noch einen Namen, womit die Moral im Haus wieder den Vorstellungen von Fräulein Knittel entspricht. Auch von Fräulein Knittels

Ärger, weil Gerd ständig gegen die Hausordnung verstößt, spürt man nichts mehr. Er trägt nämlich sein Fahrrad statt über den Hof durch den Hausflur, obwohl der Flur viel kleiner ist, als das Rad lang. Aber Gerd vollbringt damit eine regelrechte akrobatische Leistung, er schwingt das Rad senkrecht in die Luft und befördert es auf die Straße, ohne Türen und Wände zu beschmutzen. Ob Fräulein Knittel sich daran gewöhnt hat? Aber Lisa vermutet eher, dass Rosemaries Aktion Nachbarschaftshilfe Fräulein Knittel besänftigt hat. Denn auch Moralapostel finden morgens gern Zeitung und frische Brötchen vor ihrer Tür.
Das Wetter scheint sich zu halten. Am Abend wölbt sich ein sauberes Himmelsdach über den Garten und über die miteinander vertrauten alten Leute, die das Zusammensein wie ein Geschenk zu genießen scheinen. Gerüche von Knoblauch und Gegrilltem breiten sich aus, machen Appetit.
„Meine erste Grill-Party in einem Garten", sagt Fräulein Knittel. „Wir machten früher auch Picknick, aber im Wald oder im hohen Gras, wo man sich verstecken konnte."
Lisa stellt sich Fräulein Knittel im hohen Gras vor...
„Meine Söhne grillen auch oft im Garten", meint Frau Hanter stolz. „Sie vergessen dann nie, ihr Mütterchen zu holen. Ach, das sind so fleißige Jungs. Die arbeiten sogar an den Wochenenden."
Lisa schaut zu Paul. Den Gesichtsausdruck kennt sie. Er langweilt sich, zumal er vom Grillen im Freien nichts hält, weil es mit Biertrinken und Blabla zu tun hat – meint er. Aber er mag nur wenig, was sich nicht in seinem eigenen Inneren abspielt. Eine Stunde noch, dann wird er sich davonschleichen.
Lisa beobachtet Rosemarie, die heute so aufgedreht ist. Ihre Augen funkeln so eigenartig...

Ein Paar, Mitte dreißig, ist angekommen und macht die Runde vollzählig. „Darf ich vorstellen", beginnt Rosemarie.
„Das mache ich schon selbst!", sagt der Angekommene, „Hilgers mein Name, und das ist Frau Puttke, meine Biologielehrerin – Lebensgefährtin klingt so abgedroschen."
„Freunde von uns", fügt Rosemarie noch hinzu
Ein Schwätzer. Ich mag ihn nicht, denkt Lisa. Aber gut sieht er aus. – Seine Stimme erinnert an Meeresbrandung.
„Und nun, wo wir alle zusammen sind", fährt Rosemarie nach einer Weile fort, „habe ich, nein, haben wir etwas mitzuteilen: Wir bekommen ein Baby!"
„Hurra, ich hab's geahnt!", ruft Lisa erfreut. Und Paul sagt: „Auf das unser Haus in Zukunft beben werde!", erhebt sein Glas und lässt die Eltern in spe hochleben.
„Großmütter gibt es ja genug im Haus. Da werden Sie sich noch wundern", prophezeit er den Eltern.
Lisa schaut zu Rosemarie. - Da wächst nun was in ihrem Bauch, das Hände und Füße haben wird, die sich schon bald wie kleine Hügel auf der Bauchdecke zeigen werden – ein Glücksgefühl, das man nie vergessen kann... Für eine Weile verliert sich Lisa in Erinnerungen an ihre eigene Schwangerschaft vor sechsundvierzig Jahren, als Christina ihr auf die gleiche Weise Hallo gesagt hatte. Erst zaghaft, dann fordernd pufftte sie mit ihren Fäustchen und Füßchen. Für Lisa war es ein entscheidender Augenblick, als das kleine Bündel Mensch aus ihr herauskam, denn Lisas Selbstvertrauen ließ zu wünschen übrig. Nun wusste sie doch, dass sie wenigstens physisch funktionierte...
Herr Hilgers hat sich neben Paul gesetzt. Die Unterhaltung mit ihm scheint Paul sehr zu fesseln, denn sein Gesicht ist rot wie ein Weihnachtsapfel. Lisa dagegen befindet sich in einer ungemütlichen Situation. Mit dem rech-

ten Ohr bemüht sie sich höflich den Kochrezepten der Nachbarn zu folgen, während sie mit dem linken vom Gespräch zwischen Paul und Herrn Hilgers zu stibitzen versucht. – Hilgers Stimme fasziniert sie, und sein Interesse an Schwarzschildradius und Maxwell'schen Gleichungen überrascht sie... Kein Wunder, dass Paul sich noch nicht davongemacht hat.
„Vielleicht sollte ich Herrn Olaske etwas anbieten", sagt Rosemarie. Der hatte sich nämlich gar nicht erst zu der kleinen Gruppe, sondern gleich unter den Apfelbaum gesetzt. Sitzt jetzt da, seine Nase dem Himmel zugekehrt und stößt kleine Grunzlaute in den samtgrauen Abend.
Als alle von Gegrilltem, Toast und Knoblauchbutter genug zu haben scheinen, kommt Frau Hanter mit einer Schüssel Erdbeeren mit Sahne in den Garten. „Haaa! Hmm!" Nicht nur gelungen ist die Überraschung, sie löst auch unter den Frauen eine Unterhaltung über frühere Zeiten aus: „Als wir einen Garten hatten...", „Können Sie sich vorstellen, dass wir...", „Wir haben früher immer..." Alle reden durcheinander. Nur noch Bruchstücke, die keinen Sinn mehr ergeben, kommen bei Lisa an. So viel Begeisterung bei den sonst so schweigsamen Menschen hat Lisa nicht vermutet. Sie muss an die Worte John Knittels denken: „Alt ist man dann, wenn man an der Vergangenheit mehr Freude hat als an der Zukunft."
Das ist nun mal so, denkt Lisa. Sie selbst ist der Vergangenheit auch sehr nah...
„Hallo! Wir brauchten nur dem Geruch nachzugehen."
Ach, Die Winkelmanns! „Manche Nachbarn brauchen keine Einladung", sagt Paul leise.
„Wie geht's, wie steht's", fragt Winkelmann.
„Bis eben gut", erwidert Paul. Das antwortet er immer auf diese Frage und freut sich, wenn jemand irritiert dreinschaut. Winkelmann allerdings, von dem man sagt, er habe mehr in der Hose als im Kopf, scheint sich über

Pauls Antwort keine Gedanken zu machen. Er lässt sich mit den Worten: „Nur auf eine Zigarettenlänge", auf dem freien Stuhl neben Paul nieder.
„Auch eine?", fragt er Paul und fuchtelt ihm mit der Schachtel vor der Nase herum, bis dieser nach dem fünften „Danke" seine Hand energisch wegschiebt. Winkelmann erzählt einen Witz nach dem anderen. „Vom Feinsten", wie er meint. Niemand lacht, außer Frau Winkelmann, die sich vor Vergnügen auf die dicken Oberschenkel haut und Bier über den Tisch gießt.
„Mensch!", schreit Winkelmann. „Jetzt hasse de Decke versaut. Dich kann man auch nich für gut mitnehmen. Hasse mal en Bierken getrunken, dann hausse voll daneben. Und wie schon deine Fackel an leuchten iss. Guck ma deine Nase an, wie rot datt die iss."
„Ende der Party", sagt Gerd laut und bekommt dafür verständnisvolles Kopfnicken. Es ist sät genug, und kühl wird es auch.
Herr Olaske ist schon gegangen, ohne dass es jemand gemerkt hat. Nur der Mond sitzt auf der Bank. Die Gartenleuchten sind erloschen, und im Apfelbaum geistert der Nachtwind...

Ein zu langer Sommer

Seit Wochen ist die Hitze unerträglich. Jeder im Haus empfindet die Sonne wie einen ungebetenen Gast – einen Gast, der einfach kein Feingefühl besitzt. Jeder versucht ihm auf seine Weise aus dem Weg zu gehen. Ich zum Beispiel sitze in der Küche am geöffneten Fenster, den Stuhl nach hinten gekippt, gegen den Kühlschrank gelehnt. Ja, ich weiß, das ist in meinem Alter unpassend und gefährlich dazu. Im vorigen Jahr bin ich schon einmal umgekippt, habe wochenlang meinen rechten Arm in Gips getragen. Aber das hat mich von dieser vermaledeiten Schrankelei nicht abbringen können.

Paul steht schwitzend aber standhaft wie ein Zinnsoldat vor der Staffelei und malt paradoxerweise an einer Winterlandschaft. Der sonst so angenehme Geruch der Farben, den ich so mag, scheint nur heiß und zäh die Nase zu passieren.

„Hör auf mit dem Stuhl zu wippen", sagt Paul kopfschüttelnd, du wirst wohl nie gescheit, was?"

„Und du gib Acht, dass dir bei deinem eiskalten Motiv nicht die Finger steif werden!", kontere ich lachend.

Herr Olaske aus dem ersten Stock ist in seiner Wohnung, die er nur noch selten verlässt. Seit einiger Zeit ist er sehr krank, lehnt aber jegliche Hilfe ab.

Frau Hanter und Fräulein Knittel sind da weitsichtiger. Sie haben mir ihre Wohnungsschlüssel gegeben – für den Notfall. Sie sitzen im Schatten des alten Apfelbaumes, der zum Glück seine Äste weit über den Rasen breitet und sich damit wenigstens als Schattenspender nützlich macht. Im Frühling prahlt er mit zauberhaften Blüten nicht weniger und wirft dann im Herbst nur kleine wurmstichige Äpfel.

Wie gut, dass ich aus diesem verwilderten Flecken Erde einen Garten gemacht habe. Es ist ein schöner Garten geworden. Und wenn es im Frühling Apfelblüten schneit, steht Emma, die Vogelscheuche, wie auf einem weißen Teppich, herausgeputzt mit einer weißblau gestreiften Schürze, einem langen Rock, einer weißen Bluse und einem großen Strohhut auf dem Kopf. Und wenn der Wind die Äste bewegt und Blüten auf Emma herabregnen, erwacht vielleicht bei dem einen oder anderen die Erinnerung an das Mädchen aus den Sterntalern, das im nächsten Augenblick die Schürze heben wird, um das Glück aus dem Himmel aufzufangen; denn immer öfter tauscht jemand von den Hausbewohnern für eine Weile die Einsamkeit der Wohnung mit dem Platz unter dem Apfelbaum.

Oben im Dachgeschoß wird seit Wochen gehämmert und gezimmert. „Der Lärm ist unzumutbar. Ob die das ganze Haus abreißen?", klagt Fräulein Knittel. „Es ist nun mal nicht zu ändern", beruhigt Frau Hanter sie, „es wird ja nicht ewig dauern."

Eigentlich ist sie mehr betroffen als Fräulein Knittel. Sie wohnt direkt unter Frau Patzkes Dachgeschosswohnung, in die jetzt junge Leute ziehen werden. Frau Patzke musste in ein Pflegeheim. Seit mehreren Wochen schon hatte sie die Wohnung nicht mehr verlassen können.

„Ich gehe in ein Pensionat für alte Mädchen, meine Beene wollen nicht mehr so recht", hatte sie gesagt. Es sollte scherzhaft klingen. Aber in ihrer Stimme war Resignation zu spüren.

Fräulein Knittel schimpft unaufhörlich: „Die jungen Leute sind noch nicht einmal verheiratet!" Frau Hanter schaut belustigt zu mir rüber und lacht ihr helles Achtzig-Lenze-Lachen. „Wir müssen mit der Zeit gehen, Fräulein Knittel, die Jugend ist heute eben anders. Die Hauptsache ist doch, dass wir mit ihnen und sie mit uns zurechtkommen. Freuen Sie sich doch, dass endlich wieder Leben in unser Haus, und vielleicht auch in uns kommt."

Ein leichter, erfrischender Wind kommt auf und lässt auf Kühlung hoffen. So entschließe auch ich mich, in den Garten zu gehen. An der Kellertreppe kommt mir Fräulein Knittel entgegen. Ihre rot entzündeten Augen sprühen förmlich vor Empörung: „Das hat es früher nicht gegeben, unverheiratet und zusammen wohnen. Dass ich das noch erleben muss! – Neues Leben in uns bringen, son Unsinn! In mir ist noch Leben!" Und bevor ich etwas erwidern kann, ist sie auf ihren flinken Beinen auf und davon. „Manche werden im Alter wunderlich", sagt Frau Hanter, als ich mich neben sie setze. – Sehr abgespannt und müde sieht sie aus. So kenne ich sie gar nicht, ihre Augen funkeln und sprühen sonst vor Übermut. Es wird die Hitze sein. – Eine erstaunliche Frau, diese Frau Hanter. Sie kann mit ihrem Lachen die Menschen beglücken. Ein Ausspruch von Christian Morgenstern kommt mir in den Sinn: „Lachen und Lächeln sind Tor und Pforte, durch die viel Gutes in den Menschen hineinhuschen kann." – Er könnte es für sie geschrieben haben...

Der leichte Wind und die unruhigen Lichteffekte der untergehenden Sonne bringen ein wenig Leben in die Trägheit des Gartens. Nur das Leinengesicht von Emma, der Vogelscheuche, bleibt teilnahmslos.

Frau Hanter ist eingenickt. Wie in Zeitlupe neigt sich ihr Kopf mit den weißen Locken nach hinten. Das gebräunte, faltenreiche Gesicht ist jetzt weich – weich wie vertrocknete Erde nach einem Regen... – Was lässt sie nur so heiter leben, als hätte sie noch alle Zeit der Welt? Es scheint, als stünde sie dem Leben überlegen gegenüber, als hätte sie die Zeit ausgeschaltet. – Ob dies das Geheimnis eines unbeschwerten Alters ist, zeitlos leben? – Ein schöner Gedanke...

Steine

Die langgestreckte Straße unter meinen Füßen wird immer wieder an der gleichen Ecke auf eine ganz besondere Weise lebendig. Wie vor zehn Jahren, als ich nach fast einem halben Jahrhundert wieder an den Ort meiner Kindheit zurückkehrte. Das „Damals" drängte sich in mein Gedächtnis, als mein Schritt sich verlangsamte an dem Backsteinhaus mit dem niedrigen Fenster. Früher stand dieses Fenster meistens offen. Nur auf Zehenspitzen konnte ich hineinsehen. Nun hätte ich es leichter gehabt, aber es war geschlossen – der Blick ins Innere versperrt durch eine Gardine, hinter der sich nichts zu bewegen schien. Nicht wie einst, als der freundliche Mann mit der Kneiferbrille auf der Nasenspitze im Schneidersitz auf dem Tisch saß und ich übermütig vor dem Fenster stand und „Schneider, meck-meck-meck, juchheirassa!" trällerte.

Jedes Mal reichte er mir ein Bonbon nach draußen, aber nicht, ohne sich beim Aufstehen den Kopf an der tief hängenden Lampe gestoßen zu haben. Durch das pendelnde Licht schienen die Regale und die dicken Stoffballen hin und her zu tanzen, bis der Mann wieder auf dem Tisch saß und die Lampe anhielt.

„Juchheirassa, juchheirassa, lass die Nadel sausen", sang ich, wenn er wieder mit seiner Arbeit begann.

Die Melodie schwirrte durch meine Gedanken, als ich um die Ecke des Hauses ging. – Zugemauert! Sie haben alles zugemauert. Wo einst das Schaufenster und der Eingang zu dem kleinen Laden waren – nichts als Steine. Doch beharrlich behaupten sich die Umrisse im Flickwerk; und mir war, als müsse nur die Jalousie hochgezogen werden, und zwischen bunten Knöpfen und Garnrollen, Scheren und Stoffen stünde sie da, die Puppe aus Draht, die mir kleinem Mädchen damals so großes Kopfzerbrechen bereitet hatte – eine Puppe aus Draht, ohne Kopf, ohne Arme und Beine; bis Mutter mir erklärte, dass es eine Schneiderpuppe sei und wozu man sie benutze. Gleich drängte sich mir das Bild auf, wie sie eines Tages auf der Straße lag, zerbeult von Fußtritten, umgeben von

all den bunten Garnen und Knöpfen, bedeckt von entrollten Stoffballen, wie Fahnentücher nach einer gewonnenen Schlacht vom Mast gerissen – zerstochen und zerschnitten. Das Geräusch der Messer auf dem Asphalt, in blinder Wut in sie hineingerammt, das Zerreißen von Stoff, Rufe, von denen sich nur der schreckliche Satz „Weg mit der Judenscheiße!" in mein Gedächtnis gebohrt hat, vermischten sich mit der Melodie des Kinderliedes in meinem Kopf.
Ich durchlebte wieder, wie ich, an die Hauswand gepresst, vor Angst zitternd, das Geschehen verfolgte, ohne es zu begreifen, bis alles wieder ganz still war – unheimlich still. Nur die Stofffetzen bewegten sich unruhig im Wind. Ich schaute hinüber zu dem Fenster – kein Licht, nur Dunkel. Der freundliche Mann war nicht da. Ich habe ihn nie wiedergesehen.
Seit dem Tag meiner ersten Erinnerung vor zehn Jahren verlangsamt sich noch immer mein Schritt vor dem Backsteinhaus, jedes Mal auf dem Weg in den Supermarkt. Und noch immer heben sich die Steine ab vom alten Mauerwerk, als wollten sie nichts vergessen machen.
Ein stummes Mahnmal für mich, die ich um ihre Geschichte weiß.

Gekostet und...

Nein, Anna will nicht mehr, was eigentlich schon von Anfang an zum Scheitern verurteilt war. So macht sie sich mal wieder für ein paar Tage auf den Weg nach „Irgendwo" (der richtige Name soll hier keine Rolle spielen). Der Ort liegt etwa auf der Mitte eines Berges, der

an einer Seite kahl und steil zum Meer abfällt und sich auf der anderen über das Tal hinaus fortsetzt, dicht bewaldet wie ein wogendes grünes Seidentuch mit vielen Schattierungen. Ihr Lieblingsplatz ist die Bergspitze. Dort oben findet sie meistens wieder festen Boden unter den Füßen, nehmen ihre Gedanken klare Formen an.
Bei ihrer Ankunft hängt eine dunkle Wolke über dem Berg. Wie eine Riesenfaust scheint die Schwüle alles erdrücken zu wollen, den Ort und auch sie selbst. Aber dann entlädt sich mit einem Mal die angestaute Spannung in der Luft. Schlag auf Schlag spalten Blitze den dunklen Himmel. Wolken spucken große Blasen auf das Kopfsteinpflaster des Kirchplatzes, und ein wütiger Sturm rüttelt an Baumkronen und Fensterläden. Anna öffnet das Fenster, empfängt ihn mit ausgebreiteten Armen. Er fährt ihr durchs Haar, zerrt an ihrer Bluse wie ein liebestoller Verehrer.
So schnell, wie die Dunkelheit gekommen war, erstrahlt auch alles wieder im Sonnenlicht. So macht sie sich auf den Weg hinauf zum Berg. Durch dichtes Unterholz stolpert sie über Baumwurzeln, höher und höher, streift tief hängende Zweige, überspringt kleine Felsspalten. Sie merkt nicht, dass sie sich verirrt hat, bis eine Stimme sagt: Wenn Sie so weitergehen ohne auf den Weg zu achten, könnten Sie leicht den Steilhang hinab ins Meer stürzen. Sie nimmt erst gar nicht wahr, dass die Worte ihr gelten, doch dann fährt sie zusammen. Nicht dass die Stimme sie erschreckt hätte, sie klang sanft, ihre Wahrnehmung ist ruckartig zurückgekehrt in ihren Körper, der sich bis dahin ziellos vorwärts bewegt hatte.
Tatsächlich steht sie vor einer größeren Felsspalte unweit des Steilhangs. Sie ergreift die schmale gepflegte Hand, die sich ihr entgegenstreckt und schaut in das Gesicht eines älteren Herrn, dessen silbrig-weißes Haar einen lebhaften Kontrast zu der Bräune seiner Haut bil-

det. Längst steht Anna wieder auf sicherem Boden, doch ihre Hand liegt immer noch in der des Fremden, der sie etwas belustigt anschaut. Dann spürt sie einen leichten Druck, und für Sekunden schwebt ihr Arm in der Luft. Bis zum Plateau gehen sie gemeinsam. Dort verabschiedet er sich mit ein paar warnenden Worten, und dabei lächelt er – lächelt hinein in die Sinnlosigkeit dieses Augenblicks.
Ein einziger Alptraum war das Jahr, denkt Anna, ein hoher Preis für wenige Stunden Glück. War das Glück? Oder war es nur das Neue, das erst über sie hereingebrochen war, nachdem sie schon geglaubt hatte, dass Alter ohnehin jedes Recht auf Liebe und Verlangen verloren habe. Es hat ihr nichts ausgemacht. Das Körperliche war ihr noch nie wichtig. – Und plötzlich... Es geschah mit einer Ungeduld – einer Leidenschaft... Sie sagt nicht, dass sie es bereuen würde. Man kann nicht bereuen, was nicht zu verhindern war, und was stärker ist als alle guten Vorsätze... Nur fragt sie sich, weshalb ihr das erst im Alter passieren muss? Aber wann ist man alt? Altert man nur äußerlich? Hatte sie sich doch bei ihm so jung wie noch nie gefühlt, so voller Leben... Anna betrachtet die Wolken, die sich eitel im Spiegel des Meeres wiegen, wie sie davon schweben, schwerelos, zeitlos. So müsste das Leben sein... Vielleicht haben ihn die Jahre gestört, die sie älter ist...? Ach, sie will sich nicht mehr den Kopf zerbrechen. Sie wird sich wieder in ihre alte Haut zurückziehen und auf das Greisenalter warten...
Mit diesem Vorsatz macht sich Anna auf den Rückweg. Sie nimmt die Abkürzung, von der man bis ins Tal hinuntersehen kann, und wo Sonne, Wolken oder Abenddämmerung immer wieder den Ausblick verzaubern. Dort bleibt sie noch eine Weile im warmen Gras sitzen.

Erst als der Abend leicht wehend in den bewaldeten Berg zu schleichen beginnt, setzt sie ihren Weg fort. Die Häuser am Kirchplatz liegen noch in der Abendsonne, als Anna dort ankommt. Durch die weit geöffnete Kirchentür klingt Orgelmusik. Sie will noch nicht ins Hotel zurück, also geht sie den Klängen nach. Als sie sich in der vollbesetzten Kirche nach einem freien Platz umschaut, sagt eine Stimme: Guten Abend, würden Sie sich zu mir setzen? Es ist die gleiche sanfte Stimme, die sie heute schon einmal aus ihren Gedanken geholt hat. Und wieder streckt sich ihr die Hand entgegen und hilft ihr in die Bank. Schön, dass Sie da sind, flüstert er ihr zu. Verlegen legt sie die Hände ineinander, beugt den Kopf vor und verharrt einen Augenblick in Andacht, dabei sind ihre Augen auf ein Papier gerichtet, das vor ihr liegt. Sie liest, ohne dass ihr etwas ins Bewusstsein dringt. Erst als das Orchester einsetzt, wird ihr das Gelesene bewusst: Mendelssohns „Paulus". Sie ist froh, hier zu sein. Mendelssohn mag sie. Auch ihr Nebenmann scheint ihn zu mögen, denn manchmal spürt sie seine Begeisterung, spürt seinen Blick auf sich ruhen, als suche er in ihrem Gesicht Zeichen einer Übereinstimmung mit seinen eigenen Gefühlen.
Auf dem Weg zum Hotel sagt er plötzlich: Das Leben ist doch schön, finden Sie nicht auch? Und sie antwortet: Ich möchte wissen, weshalb man im Alter das Leben schön finden soll. Ja, ja, sagt er, bei dem Makel des Alters verweilen die Menschen gerne. Aber entscheidend ist doch die Seele und die altert nicht. Jetzt kann man doch das Leben so intensiv genießen, wie es in der Jugend niemals möglich war. Jeder Tag kann eine Kostbarkeit sein wie der heutige. Warum nur empfinden Sie nicht auch so? Anna antwortet nicht. Im Stillen gibt sie ja zu, dass der Tag schön geendet hat. Aber weshalb sollte sie es ihm eingestehen? Vielleicht gibt sie ihm mit ihrem

Schweigen ein Gefühl von Überlegenheit. Männer brauchen Überlegenheit. Soll er doch... Was interessiert sie das? Obwohl – eigentlich ist sein Ausdruck eher besorgt...
Am anderen Morgen ist Anna sehr früh wach. Wie konnte sie nur zustimmen, als er ihr vorschlug, mit auf den Berg zu kommen? Da der Himmel etwas verhangen ist, hofft sie auf Regen. Dann käme sie vielleicht um ihr Versprechen herum. Aber nach dem Frühstück hatten die Wolken sich verzogen. Na gut, was macht es schon, wenn er sie begleitet. Als sie das Hotel verlässt, kommt er ihr entgegen. Ich hoffe, Sie haben gut geschlafen, sagt er, dabei nimmt er ihre Hand, die er erst wieder freigibt, als sie sie ihm entzieht.
Der Weg erscheint Anna heute weniger lang als sonst. Ihr Begleiter ist ständig bemüht, sie aufzumuntern. Sein Füllhorn voll heiterer Geschichten scheint nicht leer zu werden. Sie muss gestehen, dass sie ihm gerne zuhört. Seine Fröhlichkeit, seine Gelassenheit tun ihr gut. Manchmal muss sie richtig loslachen, und dann lachen sie beide.
Niemand außer ihnen scheint unterwegs zu sein. So sitzen sie am Mittag auch allein im Garten eines Restaurants, wo es angenehm kühl ist. Die Bäume verdecken den Himmel, und die Sonnenstrahlen, die sich durch die unruhigen Blätter drängeln, tanzen zerrissen über Tische und Rasen. Es bleibt Anna nicht verborgen, dass er gern mit ihr zusammen ist. Seine zärtlichen Annäherungen, die auszuspielen er sich nicht traut, findet sie rührend...
– Zärtlichkeit! Das war es, was sie vermisst hatte bei den vergangenen stürmischen Begegnungen. Es war jedes Mal nur ein hastig vollzogener Akt ohne zärtliches Berühren – ohne zärtliche Worte... Plötzlich sieht Anna wieder ganz klar. Sogar die Luft erscheint ihr federleicht...

In dieser Nacht schläft sie tief und fest. Als sie aufwacht, möchte sie am liebsten barfuß in den Morgen hineinlaufen. Der neue Tag, der sich auftut, begeistert sie wieder. Auch der nächste und übernächste. Dann muss sie abreisen.
Danke für die schönen Tage, sagt er, als Anna das Abteilfenster heruntergeschoben hat, und läuft noch ein Stück neben dem Zug her, als dieser sich in Bewegung gesetzt hat. Anna, würden Sie mich heiraten?! ruft er in den Fahrtwind hinein. Anna lacht. Erst, als er nur noch als kleiner Punkt in der Ferne zu sehen ist, schließt sie das Abteilfenster. –„ Verrückt, denkt sie –, da hätte ich doch beinahe meiner jungen Seele das Leben genommen...

Die neue Hose

Die Handwerker sind im Haus. Eine gute Gelegenheit, dem Krach aus dem Weg zu gehen, indem wir Paul eine neue Hose kaufen. Für ihn ein Grund zu brummeln.
Es ist nicht so, als hätte Paul zu wenige Hosen. Er hat so viele, in allen Farben, für alle Gelegenheiten, die Paul nach eigenem Bekunden immer nur mir zuliebe wahrgenommen hat. Aber die Abstände zwischen diesen gemeinsamen Unternehmungen wurden mit der Zeit immer länger. Und da nicht nur Pauls Unlust wuchs, sondern auch Paul selber, war meist für jede Gemeinsamkeit, vor der Paul sich nicht drücken konnte, eine neue Hose fällig. Nachdem diese dann ihren Zweck erfüllt hatte, wurde sie von Paul als für täglich zu gut befunden und wanderte in den Schrank zu den anderen zwanzig Hosen, die ihm

auch erst zu gut waren und dann zu eng geworden. Ehrlich gesagt, wenn die Hose nicht so dringend nötig wäre, weil für Paul ein wichtiger Termin ansteht, würde ich mir lieber Stopfen in die Ohren stecken und dem Handwerkerlärm mit einer CD den Kampf ansagen; denn mit Paul Klamotten einzukaufen, mute ich meinem ärgsten Feind nicht zu.

Die erste Hürde ist genommen, Paul kommt am Nachmittag mit. Verkaufsoffener Samstag. Die Stimmung ist gut, obwohl der Bus überfüllt ist, was Paul gar nicht ausstehen kann, und sich dann auch noch ein Musiker mit seiner Bassgeige hineinzwängt. Er versucht, sein Instrument an möglichst ungefährdeter Stelle unterzubringen und zeigt sich dabei ungehalten. Pauls Kommentar: „Flöte hätten Sie lernen sollen, dann bräuchten Sie weniger Platz."

Ein süffisantes Lächeln auf der einen, Kichern auf der anderen Seite. Eine junge Frau meint: „Es gibt Schlimmeres. Stellen Sie sich vor, er spielte Orgel."

Alle lachen, nur der Bassgeiger nicht. Hoffentlich hält sich Pauls gute Laune.

Nach zwei Anproben wird er schon ungeduldig, schwitzt, stöhnt, sein Bauch ist ihm im Weg, keine Hose, die ich ihm anreiche, ist die richtige. Entweder ist sie im Bund zu eng, zu weit, zu hell, zu dunkel oder sie hat eine Bügelfalte. Bügelfalten hasst Paul grundsätzlich.

„Die sitzt doch ausgezeichnet", wage ich einmal zu sagen.

„Ich muss sie tragen", ist seine Antwort.

Meine Meinung ist nun mal nicht gefragt. – Ruhe bewahren! Irgendwann wird auch dieses Procedere vorbei sein. Der Verkäufer ist unverändert höflich.

Endlich! Paul hat sich entschieden. Doch am Montag wird sich garantiert noch der Änderungsschneider der Hose annehmen müssen, denn zu Hause wird Paul wieder mal

feststellen, dass sie doch nicht so gut passt. Die Hauptsache ist aber für mich, dass er nun endlich wieder – wenn auch nur für kurze Zeit – eine Ausgehhose hat. Und da er, außer in den Wald, selten ausgeht und die übrige Zeit vor der Staffelei steht, wird diese Ausgehhose schon bald eine Wald- und etwas später eine Malhose mit vielen bunten Flecken sein.
Und sollte ich ihn dann irgendwann mal wieder bitten, mich nach irgendwohin zu begleiten, wird er garantiert wieder die Frage stellen: „Welche Hose ziehe ich an?"
Und dann werden wir beide entweder schnell eine neue Ausgehhose kaufen oder Paul wird zu Hause bleiben und sich in seiner vielleicht oder auch nicht – zu bunten Ausgeh- Wald- oder Malhose, mit offenem Bund natürlich, unendlich wohl fühlen. Und sich wohl zu fühlen, ist nun mal das Wichtigste für meinen Paul.

Ungeahnte Perspektiven

Stellen Sie sich vor, Sie gehen ins Kaufhaus und dort, wo sonst die Spielwarenabteilung war, werden plötzlich Männer feilgeboten (oder auch Frauen, aber davon sollen Männer gefälligst selber träumen). – Männer jeden Typs, jeden Alters, in verschiedenen Preislagen. – Oder aber auf ihrer Straße könnte man die Herrlichkeit preiswert in einem Second Hand-Shop ergattern. – Nicht schlecht, was? Wie wäre es mit einer Tauschzentrale in der Reinigung nebenan, Männer frisch gereinigt, gestärkt, gebügelt, fast neu. Na, einfacher und preiswerter geht es doch nicht! – Ach, es gibt noch so viel, was es nicht gibt – oder doch gibt?

Jedenfalls kamen mir damals diese und ähnliche Ideen ganz plötzlich in den Sinn, und es schien erstaunlich, dass ich mich auf einmal mit derartig ausschweifenden Gedanken befasste, so männerfeindlich wie ich nach all meinen Enttäuschungen geworden war.

Dann kam eine Freundin mit dem gut gemeinten Rat, ich solle mich doch mal wieder für das andere Geschlecht interessieren. „Versuch es doch mal mit der Zeitung, vielleicht machst du ja „ein gutes Schnäppchen". Das hatte sie tatsächlich gesagt.

„Ein Schnäppchen" aus der Zeitung. Was für eine blöde Idee! Vielleicht auch noch meistbietend ersteigern, was? Halb tot hatte ich mich gelacht. Danach bekam ich fast eine Psychose; sah haufenweise Männer auf Wühltischen liegen, grapschende Frauenhände, die ihre Schnäppchen gut verpackt nach Hause trugen, sah sie ihre Beute auspacken, ausprobieren und die Panik in ihren Augen, wenn ihnen bewusst wurde: Umtausch ausgeschlossen. War es da ein Wunder, dass ich plötzlich solche hirnverbrannten Gedanken hatte?

Aber irgendwie begann der gute Rat meiner Freundin in meinem Kopf zu rotieren. Da war die Zeit, die Wunden heilt, und es war gerade Frühling – endlich wieder ein Frühling, den auch ich spürte. So gab ich also eine Anzeige auf, doch mit dem Vorsatz, mir nur einen Spaß daraus zu machen. Zugegeben, es war nicht die feine englische Art, aber es würde mir vielleicht ein Gefühl von Genugtuung geben für alle das Vergangene.

Es war an einem Sonntag im Mai, als ich mich mit diesem „Schnäppchen" zum ersten Mal traf. Alles ist mir noch ganz deutlich in Erinnerung: Das junge Grün, das zarte Rosa der Flamingos, sommerliche Stoffe im leichten Wind, fröhliche Kinder und eine Blechlawine rund um den Zoo, die den Frühling um seinen Duft brachte. Für all das hatte ich zwar kaum einen Blick, dennoch prägten

sich mir die Bilder ein. Meine Aufmerksamkeit galt mehr dem Herrn, zu dem ich mindestens schon zehn Minuten im Schutz der vielen Zoobesucher hinübergeschaut hatte. „In der rechten Tasche meines Jacketts wird eine Zeitung stecken", hatte er geschrieben. – Sollte ich ihn ansprechen? Und wenn es nun ein anderer ist, der zufällig auch eine Zeitung...? Blöde Situation. Wir werden uns gegenüberstehen und begutachten wie bei einer Fleischbeschau. Schrecklich! Vielleicht sollte ich doch lieber...? Zweifel und Fragen, die in Wirklichkeit nur ein Hinauszögern waren. Aber Brief und Foto hatten mich neugierig gemacht: „Sie haben den Wunsch, einen gebildeten Herrn kennenzulernen", schrieb er. „Voila, da bin ich! 49 Jahre jung, dunkles Haar, braune Augen und, wie es sich für einen kultivierten Herrn gehört, mit einer Brille." Ganz schön selbstbewusst, dieser Herr, hatte ich gedacht. Aber wenn eine Brille einen kultivierten Herrn ausmacht, so musste dieser kultiviert sein. Dann standen wir uns gegenüber, und meine Verlegenheit ging unter in der albernen Vorstellung, dass seine abstehenden Ohren eigens als Tragflächen für seine dicke, braun umrandete Brille gewachsen sein könnten. Er schien etwas unsicher, als könnte er meine Gedanken lesen. Abstehende Ohren mochte ich nicht. Außerdem hatte ich ihn mir ganz anders vorgestellt. Er passte einfach nicht so richtig zu dem locker lebendigen Plauderton auf den dicht beschriebenen Seiten seines Briefes.
Es war mir schon recht, als er einen Waldspaziergang vorschlug, so brauchten wir uns nicht anzuschauen. Es fällt mir ohnehin leichter, einen Menschen nach der Stimme zu beurteilen, denn die verrät meistens, was er zu verbergen versucht.
Das Wetter war zum Verlieben, im Gegensatz zu dem Mann. Doch was das Plaudern betraf, da überraschte er mich; das war genauso so charmant, lebendig und lo-

cker, wie er schrieb – aber schier endlos. Der Waldspaziergang zog und zog sich.

„... und ich liebe es, zu faulenzen, ein gutes Buch zu lesen, nett zu plaudern und lange Spaziergänge zu machen, zu zweit oder allein."

Er hatte es doch angekündigt. Also hätte ich vorgewarnt sein müssen. Selber Schuld, dachte ich. Da lag nun schon das ganze Leben eines Junggesellen vor mir ausgebreitet, gute Kondition, beste Eigenschaften. Voila, ist er nicht ein Teufelskerl? Dieser Schlawiner! Jetzt suchte er nach einem sicheren Hafen.

Ich war das Herumlatschen leid. Mein Magen knurrte. Sein Junggesellenmagen dagegen schien gut abgehärtet zu sein. Hätte ich mich doch nur nicht auf dieses Treffen eingelassen. Allmählich schien der schöne Wald mich hämisch anzugrinsen.

„Mir tun die Füße weh, und ich habe Hunger", sagte ich deutlich verstimmt. Kurze Zeit später saß ich dann endlich mit dem „Schnäppchen" vor einem dicken Schnitzel. In seinen Augen glaubte ich Entsetzen zu sehen, als mein Teller schon geleert war, während er von seinem nur die Hälfte geschafft hatte. Aber er brauchte mein Essen ja nicht zu bezahlen. Darauf hatte ich bestanden, und es schien ihm sogar recht zu sein. Blödmann! dachte ich beim Abschied...

In seinem Brief stand übrigens noch: „Mein Toupet auf dem Foto ist kein Toupet, sondern mein echtes Kopfhaar, so recht zum zärtlichen Zerzausen." Das gefiel mir sehr und wollte mir einfach nicht aus dem Kopf gehen...

Ach, da kommt er ja gerade von seinem Waldspaziergang zurück. Er trägt immer noch kein Toupet, doch sein Kopfhaar ist schon ein wenig grau geworden.

Verrückte Träume

Ein leichter Sommerwind weht durchs Fenster, verfängt sich im zarten Gewebe der Vorhänge; bauscht sie auf, lässt sie zusammenfallen und auspendeln – immer wieder, erst der eine und fast gleichzeitig der andere. Sie gehorchen dem Wind wie Tänzerinnen der Musik. Sonnenstrahlen lassen kleine Sonnensplitter über mich und den Sessel tanzen.
Da löst sich aus dem Bausch von Tüll eine kleine Ballerina, verneigt sich, hüpft auf die durchgetanzten Spitzen ihrer Hausschuhe... Aber – was macht Papa in der Manege? – Beide tragen wir ein Clownskostüm. – Allez-hopp! ruft er. Ich schlage ein Rad, noch eins und noch eins, springe durch die Luft und stehe auf seinen Schultern. Applaus! – Wesen mit Riesenköpfen und großen Mäulern starren mich an, schlagen ihre schaufelartigen Hände aufeinander – ich verneige mich –„ Oh, wie kühl doch das Holz des schwarzen Flügels ist – und wie meine Finger über die Tasten tanzen, wie sie sich senken und heben. Noch nie hatte ich Chopin gespielt...
  Da capo! Da capo! rufen die Wesen. Ich sitze auf einem roten Hocker und unter meinen Händen strömen in höchster Vollendung die Töne hervor...
Ach ja, Eine Menge verrückter Träume spukten damals in meinem kleinen Kopf herum. Der Krieg hat sie ausgelöscht: die Kinderträume und später, als er dann vorbei war, auch die Jugendträume. Und nun hatte sie mir der Sommerwind ins Zimmer geweht, und das mitten in meinem Herbst...

Junggesellen

Sie gehören nicht zu den Männern, die ihren Frauen Blumensträuße mitbringen oder Entschuldigungen stammeln, wenn sie ihnen übel mitgespielt haben. Selten, nur in unausweichlichen Fällen bringen sie Blumen mit. Sie kommen erst gar nicht auf die Idee, dass Blumen ab und zu Medizin für verletzte Frauenseelen sein könnten. Sie wissen einfach nichts von der Verletzbarkeit menschlicher Seelen, und sie werden es auch nie wissen, weil sie sich über die Psyche anderer erst gar keine Gedanken machen. Er kann ein furchtbar harter Kerl sein, doch mit einer ebenso furchtbar leicht verletzbaren Seele – ein Junggeselle durch und durch. Den eingefleischten Junggesellen erkennt man daran, dass er allein seiner Wege geht, dabei seinen Blick auf den Boden richtet und möglichst abwesend erscheint, wenn er jemandem begegnet – um Gottes Willen! Der könnte ja reden wollen. Er hat meistens ein verkniffenes Gesicht, ist egoistisch, rechthaberisch, und Schuld haben immer nur die anderen. Gutgemeintes wird partout missverstanden und lässt ihn gleich an die Decke gehen. Er kann nicht anders, so gern er es vielleicht auch möchte. Deshalb sollte man versuchten, möglichst nicht auf seine Ausbrüche einzugehen.
Für Paul hab ich da eine besondere Strategie entwickelt, bei der ich mich am Ende meistens als Siegerin fühle. Ich lasse ihn reden, beschuldigen, Recht haben, aber dadurch meine eigenen Gedanken möglichst nicht beeinflussen. Und dass ich das kann, was er nicht kann – denn das kann er ja nun mal wirklich nicht – wird auch jede andere schwache Frau stolz, stark und überlegen machen.

Aber bei allem guten Willen, den Frieden zu bewahren, piepst und zischt auch manchmal mein Ventil. Doch bevor es überläuft, bringe ich lieber alles zu Papier. Das Geschriebene lege ich neben Pauls dicken Ruhesessel, auf dass er es sich zu Gemüte führe. So schlage ich still meine Schlachten: Strategie erfolgreich, Nahkämpfe im Keime erstickt, der Friede erhalten geblieben, ohne die Achtung voreinander verloren zu haben.
Nachsicht lohnt sich bei Paul. Und im Übrigen – wer sollte auch sonst in einer Ehe, die man erhalten will, Nachsicht üben, wenn nicht die Frau? Dennoch muss ich gestehen, dass ich neulich „in aller Stille", aber mit mächtig viel Wut im Bauch zwei Küchenstühle zerdepperte. Danach fühlte ich mich zwar besser, die Luft war raus, doch diese Reaktion gefiel mir gar nicht... Natürlich hat Paul am anderen Tag die Stühle repariert – wer sonst, wenn nicht der Mann?

Berufswunsch

Unter fünf einigermaßen normal geratenen Geschwistern war Lisa die ausgeflippte – die mit dem Bühnenfimmel, die viel Unruhe in die Familie brachte. Das meinte jedenfalls Lisas ältere Schwester Hanne – Hanne die Biegsame – elastisch wie Vater – eben ein echtes Artistenkind. Und wenn der Vater seine akrobatischen Kunststücke machte, Hanne kerzengrade auf seinen Handflächen stand und im Spagat auf den Boden landete, war Lisa schrecklich neidisch und eifersüchtig. Das konnte sie nicht. „Stiefen Drikkes" sagte

man zu ihr, was absolute Ungelenkigkeit bescheinigte. Das wurmte!
Wenn Lisa auch nicht gerade wie Papa Hochakrobat oder Clown werden wollte, war sie doch immerhin im Gegensatz zu Hanne fest entschlossen, in seine so genannten Fußstapfen zu treten. Tänzerin, Sängerin oder Schauspielerin wollte sie werden – Berufe, die sich aber damals nicht schickten. Ein Mädchen hatte möglichst etwas Hauswirtschaftliches zu lernen, um eine gute Hausfrau und Mutter zu werden.
Mit ihren Flausen im Kopf fand Lisa es gar nicht so schlimm, dass es in dem Chaos, das der Krieg hinterlassen hatte, kaum frauengerechte Beschäftigungen gab. Gegen Mutter und Ehefrau hatte sie ja nichts – irgendwann mal. Und übrigens, wenn sie in den Spiegel schaute, sah sie noch keine Frau, obwohl sie manchmal schon so fühlte. Zu Beginn des Krieges war sie noch ein Kind, und als der Krieg zu Ende war, wusste sie nicht so recht, wozu sie eigentlich gehörte. War sie nun noch Kind oder schon erwachsen?
Gerade sechzehn, stand ihr Entschluss fest. Schauspielschule! Nah' der Stadtgrenze hatte sich in einem Kurhaus eine Schauspielschule etabliert. Zwar ließ das der Geldbeutel ihrer Eltern nicht zu, aber sie setzte sich mit dem Versprechen durch, das Geld dafür selbst zu verdienen.
Vormittags half sie in Großküchen, reinigte in Restaurants Toiletten und Waschbecken. Die Mägen der Menschen, durch die Hungerzeit entwöhnt, wehrten sich heftig gegen ungewohntes Essen. Und oft drehte sich auch Lisas Magen um, wenn sie die schleimige Masse förmlich aus den Waschbecken ziehen musste.
Vormittags machte sie einfach alles, was ihr bezahlt wurde, nachmittags hatte sie drei Stunden Unterricht, und an manchen Abenden war sie Statistin im Theater

ihrer Stadt. Das ließ sie dann die Schmutzarbeit und alles, was der Krieg zurückgelassen hatte, bis zum Morgen vergessen.

Durch die Ruinen der Stadt brauste wieder Leben. In Garagen oder zerstörten Restaurants, notdürftig als Tanzschuppen hergerichtet, wurde Musik gemacht und zum Tanz aufgespielt. Die Menschen gierten danach, saßen glücklich bei Dünnbier und Bluna, damals ein scheußlich süßes Gesöff, tanzten, um sich das vergangene Leid aus den Körpern zu stampfen.

Auch Lisa tanzte, so viel sie konnte, fürchtete immer noch, das Leben könnte morgen zu Ende sein, bevor sie es kennengelernt hätte. Dass sie körperlich noch nicht gut entwickelt war, bestärkte ihre Ungeduld, machte sie unerträglich. Oft schaute sie im Spiegel ihre Brüste an, betastete sie in der Hoffnung, die Wölbungen wären voller geworden. Aber ihre Gefühle blieben ihrer Entwicklung voraus. Das alles half ihr nicht gerade, selbstbewusster zu werden, an Selbstbewusstsein und Selbstvertrauen mangelte es ihr schmerzlich. Diese Eigenschaften waren damals nicht wichtig. Der Stolz auf Führer und Vaterland hatte auch einem Mädchen zu genügen. Gehorchen, hieß es...

Silvester 1946/47 stand bevor. Lisa wollte ihn mit ein paar Freundinnen in einem Lokal am Grunewald feiern, das den Krieg unzerbombt überstanden hatte. Was sollte sie anziehen? Die alten, abgelegten Klamotten ihrer älteren Schwester? Ihr schadenfrohes Grinsen wollte sie sich ersparen.

Der Zufall half ihr, als sie zu Besuch bei ihrer Patentante war. Beim Stöbern auf dem Dachboden fand sie zwischen Spinnweben einen verstaubten Koffer. Bedeckt mit einer langen Vergangenheit lugte er zwischen Gerümpel, Schutt und Dachlatten hervor, als warte er auf Befreiung. Lisa zog ihn heraus. Ein Loch klaffte auf der

Ober- und Unterseite. Ein Bombensplitter hatte ihn durchschlagen. Schwarzblau und kalt lag er immer noch da. Der Inhalt des Koffers erschien Lisa wie aus einer anderen Welt. Ähnliche Sachen kannte sie nur von alten Fotos.
Einem Cape aus schwarzem Samt mit weißem Pelzbesatz gehörte ihre ganze Aufmerksamkeit. Dieser wundervolle Fund ließ ihr Herz höher schlagen. Sie legte ihn sich um und schritt auf dem Dachboden auf und ab. Das Cape war viel zu lang. So sehr sie sich auch streckte, es schleifte wie eine Schleppe hinter ihr her und hinterließ eine breite Spur auf dem staubigen Dachboden. Die Besitzerin musste sehr groß gewesen sein. Lisa sann darüber nach, wem es wohl gehört haben könnte. Die Tante kam nicht in Frage, sie war klein und zart. Doch wer dann mochte die geheimnisvolle Trägerin dieses wunderschönen Umhangs gewesen sein und wie viel Glück und Unglück mochten in ihm verborgen liegen? Die Antwort darauf könnte ihr nur die Tante geben. Aber würde sie ihr auch den Umhang überlassen? Er musste Lisa einfach gehören! Ein Kleid für den Silvesterabend würde sie daraus zaubern. Talent zum Schneidern hatte sie schon bewiesen, als sie sich aus einem weißen Laken, von Mutters Leine stibitzt, eine lange Hose für den Sommer genäht hatte. Dann stand Lisa eingehüllt in schwarzem Samt vor der Tante und verbreitete einen Gestank, als wäre sie einer Moddergrube entstiegen. „Puuuh!", sagte die Tante, und dabei schaute sie Lisa nachdenklich an, als müsse sie sich erst an etwas erinnern. Schließlich erzählte sie: „Der Koffer hat der Großmutter deines verstorbenen Onkels gehört. Sie war die Tochter eines großen Gutsbesitzers aus dem Osten. Irgendwann soll Großvater als junger Mann auf diesem Gut Arbeit gefunden und die jungen Leute sich ineinander verliebt haben. Aber

ein Mittelloser wie Großvater wäre als Schwiegersohn niemals akzeptiert worden. So kehrte er nach Hause zurück. Die hübsche junge Frau war ihm gefolgt mit einem Koffer voll unnützer Kleider. Verwöhnt und sorglos aufgewachsen, geriet über ihr neues Leben voller Entbehrungen erst der Koffer und dann die große Liebe in Vergessenheit..."

„Bitte, lass mir den Umhang, ich werde mir ein Kleid daraus schneidern", bat Lisa die Tante und wunderte sich, dass sie so schnell zustimmte. Lisa war so glücklich, als hätte sie alle Reichtümer der Welt errungen. Jetzt wusste sie ganz sicher, dass es ein wunderschöner Abend werden würde.

Der Schweigsame

Endlich! Paul hat nach langer Zeit wieder zu malen begonnen. Er malt mit einer Geschwindigkeit, als wollte er ins Guinnessbuch der Rekorde. Mathematik, Physik, Botanik und Französischlernen – ade! Alles machte er mit dem gleichen Eifer und der Intensität wie jetzt wieder das Malen. Nicht von jedem ein wenig – nein, wenn schon, denn schon! Mein schweigsamer Paul hat viele Leidenschaften, und ich glaube, dass diese ihm das Leben schwer – ihn unzufrieden machen – dass sich hinter seiner Schweigsamkeit ein quälendes Innenleben verbirgt. Nur das Autofahren hat er sich wohl ganz aus dem Kopf geschlagen. Fahren konnte er ja, aber schalten, Gas geben, bremsen und noch die anderen Fahrer im Auge behalten, das waren zu viele Dinge auf einmal...

Ständig waren ihm die anderen Fahrzeuge im Weg. Zuletzt kam doch so ein knallroter Sportwagen über die Autobahn gezischt, dessen Fahrer es einfach nicht für nötig hielt, sein Tempo zu drosseln, um Paul in die Autobahn einfahren zu lassen. Na, dem hat er es aber gegeben... Danach fiel Paul die Entscheidung schwer – ein neuer Wagen oder Bundesbahn? Diese Wahl muss ihn ordentlich gepiesackt haben, wo ich mich doch dieses Mal geschlossen hielt – und ihn nicht zu einem Wagenkauf ermuntert habe. Vernünftigerweise hat er sich dann für die Bundesbahn entschieden. Das hieß natürlich, total autofrei zu sein – auch für mich. Schwer, aber besser als in ständiger Angst zu leben oder vielleicht durch weitere Wagenkäufe in den Bankrott zu steuern.
Jetzt hoffe ich, dass er bei der Malerei bleibt. Malen kann er nämlich, und es scheint ihm auch was zu geben. Ich finde es toll, denn ich mag sehr den Geruch der Farben. Er gibt der Wohnung die Atmosphäre eines Künstlerateliers, eines Raumes voller Phantasien – voller Träume, die man sieht, spürt und riecht. Ich mag auch Pauls kleine Pausen zwischen Blumen und Wiesen, wenn er in seinem farbbekleckstem Kittel selbst wie ein abstraktes Kunstwerk vor der Staffelei steht und seinen Kaffee schlürft. Manchmal stehe ich mit der Kaffeetasse in der Hand hinter ihm. Und dann fragt er ohne aufzusehen: "Haste wieder was zu knöttern?"
Meistens spüre ich an seinem Tonfall, wenn er selbst nicht so ganz mit seiner Arbeit zufrieden ist, denn die feinen Nuancen von Rot und Grün zu unterscheiden, macht ihm Schwierigkeiten. Dann kann ich es wagen, mehr zu sagen, ohne dass er gleich an die Decke geht: „Das Rot ist viel zu grell", oder „Das Grün passt nicht."
Seine Antwortet weiß ich natürlich schon immer vorher: „Nu geh', ich rede dir doch auch nicht beim Schreiben

rein." Dann nimmt er den Pinsel, tupft hier, tupft dort und fragt: „So besser?"
Dann habe ich das schöne Gefühl, dass er mich doch braucht. Und mit seinem "Ich rede dir beim Schreiben doch auch nicht rein" stimmt es nicht so ganz. Oft versteht er meine Gedanken nicht (logisch, er ist ja auch ein Mann) und mauschelt in meinen Sätzen rum. Das missfällt mir natürlich. Ich brauche ihn doch nur bei den Kommas...
Heute ist Paul mürrisch, betrachtet prüfend seine Leinwand, rückt lustlos die Staffelei hin und her, drückt mit seinen verschmierten Händen die Gardine in die Ecke, um mehr Licht zu haben. Dann geht er in die Küche, und es dauert nicht lang, bis der Geruch von Farbe und Terpentin sich mit dem Duft von Kaffee vermischt. „Die Birke vor dem Fenster muss weg, sie nimmt mir zu viel Licht", sagt er kurz.
Aha! Deshalb sein brummiges Gesicht. Habe ich es doch geahnt. Dieses Thema sollte längst abgehandelt sein. Es wunderte mich schon, dass er so lange nicht mehr davon gesprochen hat. Schade für den Baum. Aber Widerspruch hätte zur Folge, dass Pinsel und Palette für immer ihren Platz im Keller finden würden und aus dem Kassettenrecorder vielleicht wieder nur französische Lieder oder Vokabeln zu hören wären. Ich könnte dann noch nicht einmal mehr knöttern, eine Sprache ist nun mal nicht rot oder grün...

Zuflucht

Lisas Zuflucht war Anne. Sie lernte sie am Rheinufer kennen. Beide hatten sie eine kleine Tochter im Kinderwagen und warteten auf die Fähre, die sie ans andere Rheinufer bringen sollte. Die Rheinbrücke, kurz vor Kriegsende gesprengt, war auch sieben Jahre danach noch ein Beton- und Eisengerippe, das einem verendeten Ungeheuer glich. Ein trostloses Bild im herbstlichen Wetter-Launen-Chaos. Wiesen und Wege aufgeweicht, gluckste und zischte es unter den Schuhen bei jedem Schritt. Durch den Sprühregen konnte man kaum die Anlegestelle sehen, die mit dem dreifach schlammbereiften Kinderwagen nur schwer zu erreichen war. Jeder, der nach drüben musste, nahm es auf seine Weise hin, die meisten geduldig, immer noch die Schrecken der Kriegsjahre vor Augen, einige schimpfend wie Lisa, wegen des Kinderwagens, der sich kaum schieben ließ. Der Wiederaufbau ging nur langsam voran, aber die Wirtschaft boomte schon. Die Geschäfte waren gefüllt und auch die Bäuche. Das „große Fressen" hatte begonnen. Man befand sich sozusagen bereits in der Spur von McDonalds. Wie der Fischer an der Anlegestelle, der kleine geräucherte Rheinfische verkaufte. An Schnüren aufgehängt, baumelten sie appetitlich duftend von der Decke einer kleinen Holzbude – ein Hauch von Schlemmerparadies mitten im Rheinschlamm.
Die erste Begegnung zwischen Anne und Lisa war schon recht lustig. Beide hatte sie ihren Kopf weit in den Nacken gelegt. Man hätte meinen können, ihre Augen suchten den scheußlich grauen Himmel nach der Sonne ab, aber nein, über ihre weit aufgerissenen Münder lie-

ßen sie einen Fisch baumeln, der dann auch schnell verschlungen war.

Danach erst nahmen Anne und Lisa Notiz voneinander und brachen in schallendes Gelächter aus, nachdem sie sich beäugt hatten. Nicht nur dass die beiden Töchter im gleichen Alter waren und die Vorkriegs-Kinderwagen gleich aussahen, nein, Anne und Lisa trugen auch noch den gleichen damals aktuellen Ciska & Anna-Look (C&A) – rotes Kleid, kleiner weißer Hut, weiße Handschuhe und weiße Handtasche. Der letzte Schrei für die „Damen von Welt" oder besser gesagt, der erste Schrei nach den vielen Jahren der Entbehrungen. Schick fand sich Lisa in diesem Outfit. Doch obwohl es die gleichen Klamotten waren, wie eine Dame wirkte darin nur Anne. Sie war eine tolle Erscheinung – groß, schlank, dunkelhaarig, große braune Augen. Anne hatte, ohne zu übertreiben, das Aussehen einer französischen Adeligen, oder was Lisa sich damals darunter vorstellte.

Die Wohnungsnot war es, die Lisa mit ihrem Mann Eric und ihrer kleinen Tochter Christina nach „linksrheinisch" verschlagen hatte. Anne dagegen war vor ihrem Ehemann über den Rhein geflüchtet. In Herzensangelegenheiten waren beide wohl Leidensgenossinnen, doch was Entschlossenheit und Konsequenz betraf, hinkte Lisa arg hinter Anne her.

Anne wohnte drei Straßen weit von Lisa entfernt in einem Hinterhof. So konnte Lisa, wenn Eric in seinem Alkoholrausch zu bedrohlich wurde – leider war er dem Alkohol sehr zugetan –, mit ihrer kleinen Tochter Christina auch notfalls nachts zu ihr flüchten. In Annes großem breitem „Prinzenbett", wie sie es nannte, fand sie immer einen Schlafplatz, an dem man morgens ohne Angst aufwachen konnte. Mit der Zeit gehörten Anne und Lisa zusammen wie ein paar Schuhe.

Nach Annes Scheidung von ihrem Taugenichts fiel für Lisa diese Zufluchtsstätte weg, denn Anne war schnurstracks in den Armen ihres zwanzig Jahre älteren Anwalts gelandet, Vater eines kleinen Sohnes, dem Anne auch Mutter sein sollte.
Nun wohnte sie in einem altehrwürdigen Patrizierhaus, das schon einige Generationen von Juristen beherbergt hatte – ein Haus, das innen von dunklen Gemälden in wuchtigen Rahmen und von dunkler Eiche beherrscht wurde. Wände, Türen, Decken, hohe Bücherschränke, alles war aus dem gleichen Holz wie der geschnitzte Treppenaufgang, der zu einer Galerie führte, von der aus man einen Blick auf den großen Wohnraum hatte. Dies alles wirkte auf Lisa bedrückend – sie fühlte sich unbehaglich, wenn sie Anne besuchte. Die Vorstellung, dass dort der Hausherr als Kind unbeschwert und fröhlich herumgetollt sein sollte, fiel ihr schwer.
Für Anne, die streng katholisch war und stets in einfachen, aber geordneten Verhältnissen gelebt hatte, bedeutete dieser Schritt Auseinandersetzungen mit der Familie. Für sie selbst aber war es wohl die Erfüllung verborgener Träume. Sie passte aber auch in dieses Haus, und Lisa würde sogar meinen, das Haus habe auf Anne gewartet. Auch zu dem Hausherrn passte sie. Äußerlich waren sie ein perfektes Paar. Ein imposanter Mann war er, groß, schlank, aufrechter Gang, volles dunkles Haar, hohe Stirn, und unter buschigen Brauen tief eingebettet große strenge Augen – ein martialisches Gesicht, unter dem sich aber Weichheit und Labilität verbargen. Seine Reserviertheit ließ in Lisa keine freundschaftlichen Gefühle aufkommen, denn so oft sie Anne besuchte, begrüßte er sie mit der Anrede „Gnädige Frau", der ein formvollendeter Handkuss folgte. Gnädige Frau! – Anna und Lisa hatten dann immer Mühe, sich das Lachen zu verbeißen. Lisas Schwiegermut-

ter dagegen hätte ihre helle Freude an dieser Anrede gehabt, war sie doch stets bemüht, aus Lisa eine Dame zu machen. Sie war es auch, die mit der Bemerkung, dass dies zu einer Dame gehöre, angeordnet hatte, zu dem Ciska & Anna-Kleid Hut, Handschuhe und Handtasche zu tragen. Damit mag sie Recht gehabt haben, aber der Erfolg war wohl zum Kummer der alten Dame bei Lisa sehr mäßig.

Anne machte sich über die steife Art ihres Ehemanns stets lustig – verspottete ihn sogar in Lisas Gegenwart. Doch er ließ nie eine Reaktion erkennen. Man konnte den Eindruck gewinnen, als hätte er es sich zur Aufgabe gemacht, die Formen der guten Gesellschaft des 19. Jahrhunderts in die Neue Zeit hinüber zu retten...

Seine schöne junge Frau beherrschte ihn voll und ganz, und nicht nur ihn, sondern auch ihre Kinderschar, die inzwischen von zwei auf fünf angewachsen war. Wie es schien, trat sie der Strenge des Hauses mit Ironie entgegen, um sie so besiegen zu können. Doch Lisa wurde den Eindruck nicht los, dass weder Anne mit ihrer Ironie noch die Kinder mit ihrer Fröhlichkeit die dunklen Räume verändern konnten. Es schien sogar, als setzten diese sich gegen alles Lebendige zur Wehr, als gäben die dunklen Wände das übermütige Kinderlachen nur verhalten zurück...

Annes Leben veränderte sich, nachdem ihr Ehemann mit dem Gesetz in Konflikt geraten war. Eine Auszubildende hatte ihm Bewunderung und Liebe entgegengebracht, die ihm wohl gefehlt haben mag. Der Erfolg war nicht verborgen geblieben und bedeutete für den Juristen ein Disziplinarverfahren und das Aus seiner Existenz. Er verlor seine Zulassung und seinen Pensionsanspruch. Versuche, auf andere Weise Geld zu verdienen, schlugen fehl. Zum einen war er zu alt und zum anderen unfähig, etwas anderes als Jurist zu sein. Fi-

nanzielle Not machte sich breit. Zum Glück hatte Anne es nicht verlernt, mit wenigen Mitteln auszukommen. Aber die Mägen von fünf Heranwachsenden zu füllen, das ging auf Dauer über ihre Kräfte und auf Kosten ihrer Gesundheit. Sie verlor zusehends an Gewicht.
Für Lisa war es schwer, nicht helfen zu können. Mit einem Trinker als Mann hatte sie selbst Mühe, den Haushalt aufrechtzuerhalten. Etwas Obst und Gemüse aus ihrem kleinen Garten, mehr konnte sie Anne nicht geben. Für Annes Mann, der ein starker Raucher war, sammelte Lisa die von Eric im Alkoholrausch angezündeten und nicht zu Ende gerauchten Zigaretten, die in Mengen herumlagen. Auch seine Kippen pflückte sie auseinander und vermischte sie mit Tabak aus seiner Tabaksdose. Sie wusste, dass Anne nicht eine Zigarette für ihren Mann kaufen würde. Irgendwie hatte Lisa Mitleid mit ihm. Aber das war eben Annes Art, ihn zu strafen. Wie sie sagte, dachte sie nicht daran, ihm seine Verantwortungslosigkeit den Kindern gegenüber zu verzeihen. Den Tabak stellte Lisa beim nächsten Besuch irgendwo in der Wohnung ab, ohne dass es der Hausherr bemerkte – so hoffte sie. Jedenfalls ließ er sich nie etwas anderes anmerken, begrüßte sie mit der üblichen Anrede, dem üblichen Handkuss. Später sagte Anne nicht ohne Schadenfreude zu Lisa, er habe gleich nach ihrem Fortgang nach der Tabaksdose gegriffen und sich damit verkrochen. Das gefiel Lisa nicht.
Die Not wurde größer und Anne verlor immer mehr an Gewicht. Und als dann eines Tages von dem altehrwürdigen Haus, in dem seit Urzeiten Recht und Gesetzt seinen Platz hatten, der Kuckuck Besitz nahm, zogen sie in eine Dreizimmerwohnung. Dann starb Annes Mann.
Anne, inzwischen sehr schwach, musste beim Begräbnis gestützt werden. Sie hatte TB. Als Lisa sie drei Tage

später besuchen wollte, traf sie niemanden an. Man hatte gleich nach dem Begräbnis ohne Vorankündigung die Kinder in verschiedene Heime untergebracht und Anne in eine Lungenklinik nach Kassel gefahren.
Sechs Monate ohne Anne, ohne Beistand, ohne Fluchtweg, sechs Monate mit einem Gefühl von Verlassenheit. Lisa fühlte sich, als liefe sie in einer Felsenlandschaft umher und trüge nur einen Schuh. Dabei wollte sie von Anne Konsequenz und Eigenständigkeit lernen. Stattdessen spürte Lisa so etwas wie Abhängigkeit...
Dann war Anne endlich wieder da, samt dem Prinzenbett, ihrem Optimismus und ihren Ratschlägen. Das Leben war wieder leichter für Lisa, die es dann zweimal schaffte, sich aus ihrer Ehe zu lösen, wenn auch immer nur für kurze Zeit. Irgendwann verließ sie dann Eric ganz und zog wieder auf die andere Rheinseite in den Ortsteil, in dem sie aufgewachsen war.
Auch für Anne wurde das Leben leichter. Zur Sozialhilfe bekam sie als Lungenkranke zur besseren Ernährung besondere finanzielle Hilfe, die sie eisern sparte. Gemeinsam mit Lisa ging sie auf Wohnungssuche. Aber einer Frau mit fünf Kindern gegenüber verhielt sich jeder Eigentümer ablehnend. Anne ließ sich nicht unterkriegen. Mit Erfolg begann sie erst um den Unterhaltsanspruch ihres verstorbenen Mannes zu kämpfen und bemühte sich dann um ein im Bau befindliches Eigenheim. Den erforderlichen Eigenanteil hatte sie bei ihrer anerzogenen Sparsamkeit schnell zusammen, und die übrigen Belastungen mit Sonderkonditionen angesichts der Kinderzahl blieben im Rahmen.
Anne war eine bewundernswerte Frau. Doch als hätte sie nach ihrer Krankheit Angst gehabt, etwas zu versäumen, begann sie plötzlich ihre durchschlagende Wirkung auf Männer auszukosten – oder um es deutlicher und mit Lisas Gedanken auszudrücken – sie entwickelte

sich zu einem männervertilgenden Raubtier. Gestört hat es Lisa erst, als Anne auch nicht vor dem Mann Halt gemacht hat, mit dem Lisa nach ihrer Scheidung eine erste Beziehung zu starten versuchte. Allerdings endete dieser Versuch, bevor er richtig begonnen hatte, weil Lisa nicht gleich beim ersten Treffen seinen Wünschen nachgekommen war. Aber das konnte Anne noch nicht wissen, als sie sich ihn in ihr Bett holte.
Zum Glück war es für Lisa kein Verlust. Sie war nur traurig, dass Anne keine Skrupel zeigte. Geredet hat Lisa nie mit ihr darüber. Freundschaft, Vertrauen oder Liebe lassen sich nicht herbeireden. Lisa fühlte sich nicht besonders gut, ihr war, als trüge sie plötzlich zwei linke Schuhe...
Die Entfernung und die umständliche Rheinüberquerung trugen dazu bei, dass die Besuche bei Anne seltener wurden. Und kam Lisa mal zu ihr über den Rhein, musste sie damit rechnen, dass sich trotz Anmeldung die Tür nicht öffnete, weil schon ein Besucher da war. Die Enttäuschungen taten weh, aber sie halfen Lisa, sich aus der Abhängigkeit endgültig zu lösen.
Anne besann sich wieder auf ihre streng katholische Erziehung. Sie lernte einen katholischen Pfarrer kennen und ging mit ihm sehr bald eine enge Beziehung ein. So kehrte sie gewissermaßen auf ihre Weise in den Schoß der heiligen Mutter Kirche zurück.

Die Eroberung

Ich glaube, behaupten zu können, ein rechtschaffener Mann zu sein. Nicht selten kam ich erst am späten Abend

nach Hause, sehnte mich nach meinem Bett. Doch oft quälte mich ein Gefühl von Leere – ein Gefühl, das mir sagte, etwas in deinem Leben fehlt dir, etwas Schönes, was dich glücklich und zufrieden macht...
Dann, eines schönen Frühlingstages, die Luft ist lau, es duftet nach warmer Erde, zartes Grün liegt über Bäumen und Sträuchern – all das berauscht meine Sinne. Ich lasse Arbeit Arbeit sein, genieße diesen wunderschönen Tag, schlendere über Parkwege, durch Straßen und Passagen, schaue mir die Auslagen an. Dann sehe ich sie – ganz kurz im Vorbeigehen. Wie ein Blitz trifft es mich. Ich bleibe stehen, schaue mich um. – Wie klein und zierlich sie doch ist – und diese Rundungen! Entzückend! Sie würde zu mir passen, denn auch ich bin von kleiner Statur, ich fühle schon, wie es sein würde, wenn wir uns aneinander schmiegen... Nur noch drei Schritte bin ich von ihr entfernt, eingehüllt in roten Rosen steht sie da, als ob sie auf mich wartet. ich muss sie besitzen. Noch am selben Tag wird sie mein.
Wunderbar ist es, sie zu Hause zu wissen.
Ob ich lese, schlafe oder träume, sie ist immer da. Ich muss gestehen, dass ich mir ein Leben ohne sie nicht mehr vorstellen kann. Ich fühle mich glücklich und ausgeglichen. Freue mich am Morgen schon wieder auf den Abend.
So geht es eine lange Zeit.
Eines Tages, es ist wieder Frühling, die Luft lau und zartes Grün liegt über Bäumen und Sträuchern, gehe ich durch den Park und erfreue mich an der Sonne und an den fröhlichen Gesichtern der Leute, die mir begegnen. Mitten auf dem Weg steht lachend und schwadronierend eine kleine Gruppe junger Leute. Gerade, als ich an ihnen vorbei will, fällt etwas auf die Erde und bleibt dicht vor meinem Fuß liegen. Ich hebe es auf – es ist ein Notizbuch. Und da streckt sich mir auch schon eine Hand

entgegen – die zarte Hand einer zauberhaften Frau, deren glockenhelles Lachen in mir den Wunsch weckt, dieses zarte Wesen zu erobern. Doch ehe ich mich besinne, ist die Gruppe um die nächste Ecke verschwunden.
Es folgen Tage der Lustlosigkeit. Immer gehe ich den gleichen Weg zu verschiedenen Zeiten.
- Nichts!
Es vergehen Wochen – endlose Wochen. Das helle Lachen will mir nicht aus dem Kopf.
Und eines Tages klingt plötzlich genau dieses Lachen an mein Ohr. Ein Wunder! – Vor einem Straßencafe verabschiedet sie sich gerade. Nun muss ich handeln, bevor ich sie wieder aus den Augen verliere.
Überrascht, mit einem kleinen ironischen Lächeln kommt sie mir entgegen. Sie erinnert sich an mich! Plötzlich habe ich das Gefühl, dass die Freude, die meinen Körper durchfährt, zu ihr überspringt. Sie streckt mir ihre zarte weiße Hand entgegen, und ihr glockenhelles Lachen rollt über die Strasse.
Von diesem Moment an weiß ich, wonach mein Herz sich in Wahrheit sehnt. Ich glaube, es endlich gefunden zu haben, und – wir wurden tatsächlich ein Paar.
Wie glücklich und bescheiden war ich doch damals mit meiner Entdeckung, an die ich mich anschmiegen konnte, wenn ich müde nach Hause kam.
Sie hat jetzt ihre Schuldigkeit getan, die Rosen sind verblasst und duften auch nicht mehr. Ich werde mich von ihr trennen. Ihre Zeit ist vorbei…
Nun steht sie auf der Strasse, die einst so wunderschöne, mit Rosen bedeckte Couch und wartet auf die Müllabfuhr.

Endlich Regen

Die Hitze des Tages füllt noch die Nacht, die vor dem weit geöffneten Fenster steht. Manchmal leuchtet das Weiß der gegenüberliegenden Häuser aus dem Dunkel auf, als knipse jemand das Licht an und aus. Dann dringt langsam Regen in die vertrauten Nachtgeräusche – zu wenig für die Erde, die nach Wasser lechzt. Aber der Regen wird stärker und stärker, trommelt rhythmisch auf den Blättern des Apfelbaumes. Wasser platscht aus der Abflussrinne auf den Müllcontainer – eine Wassersinfonie zu nachtschlafender Zeit, und überall stummer, überwältigender Applaus...
Wie eine klebrige Masse waren die vergangenen Stunden. Immer wenn Lisa die mühsam geschlossen gehaltenen Augen öffnete, stand noch murmelnd die Nacht vor dem Fenster.
Langsam drängt sich der Tag in das dunkle Loch im Fensterrahmen – grafische Muster in schwarz und grau. Noch sind die Konturen des Zimmers verwischt, aber das heller werdende Grau macht sie langsam schärfer. Eine Weile wird es noch dauern, bis die Gegenstände auf der Kommode zu erkennen sind. Machte Lisa Licht, die Faszination des Augenblicks würde nicht mehr zu spüren sein. Langsam erwacht auch die nahe Umgebung – eine Toilettenspülung – schlurfende Schritte – Stille... In der Ferne ein aufheulender Motor im Wettstreit mit dem monotonen Rattata eines Zuges.
Lisa muss wohl doch eingeschlafen sein, etwas hat sie wieder geweckt. Viel zu schnell steigt sie aus dem Bett.
– Dieser verflixte Schwindel. Seit einiger Zeit quält er sie. Warum kann sie auch nichts langsam angehen? Bewegung und frische Luft brauchst du, sagt Paul im-

mer zu Lisa. Er hat ja Recht. – Wenn da nur nicht der Computer ständig lockte...
Die Musik der Nacht ist verstummt. Wie eine blaue samtene Decke breitet der Himmel sich über die Stadt. Das Laub hängt schwer mit all seinen Glitzerperlen, die auch die grüne Bank vor dem Fenster schmücken. Auf der saftigen Wiese hüpft ein Schwarm Amseln wie schwarze Ping Pong-Bälle umher.
Was hat Lisa nur aufgeschreckt? Die Uhr zeigt sieben. In Pauls Zimmer ist das Bett leer. Er macht seinen morgendlichen Spaziergang. In letzter Zeit geht es ihm nicht gut. Aber er sagt ja nichts. Ob ihm wohl die Tür ins Schloss gefallen ist? Sonst hört Lisa ihn morgens nie. Jetzt wird er den Waldweg hinuntergehen, den nächsten und wieder den nächsten. Seine kräftigen Arme werden herabhängen, leicht gekrümmt, fast unbeweglich wie die eines Ringkämpfers. Er wird mit sich und der Welt zufrieden sein wie immer auf seinen einsamen Spaziergängen. Wenn er Lisa doch nur teilhaben ließe an seinem Leben –„ an seinen Gedanken...
Bäuchlings wirft Lisa sich aufs Bett – auaa! Sie knüllt das Kissen unter den Kopf, wie sie es als Kind schon immer getan hatte, wenn sie mit etwas nicht zurechtgekommen war. Nur damals schmerzten die Knochen nicht so.
Und da ist auch schon wieder die Sonne, greift nach dem Fensterkreuz, breitet sich aus wie klebriger Honig, über die Fensterbank, über die Bettdecke. Wie eine Bedrohung erscheint sie Lisa jetzt immer. Sie steht auf, schließt das Fenster, zieht das Rollo herunter. Die Zeit, in der sie nicht genug von den bräunenden Strahlen bekommen konnte, ist längst vorbei – längst...
Ja, damals – damals am Meer. Der herrliche warme Sand, Wind, der ihre Haut kühlte – ihre junge, glatte Haut... Sie blickt in den Spiegel, faltig ist jetzt das Ge-

sicht, die Augen trübe, die Hände übersät mit braunen Flecken. Und die Beine? Lisa bückt sich, ein Fingerdruck in die schwabbelige Masse – Dellen bleiben zurück. Die Verwüstung des Alters! Sie muss wohl im Sommer beginnen...

Diese Hitze! Lisa versucht, sich möglichst wenig zu bewegen. – Wie still es doch in diesem Haus ist. Es wirkt wie ausgestorben. Aber das war nicht immer so, hatte ihr Frau Hanter erzählt. Früher sprudelte Leben hinter allen Türen. Fröhliche Kinder rannten übermütig treppauf und treppab, balgten sich im Garten unterm Apfelbaum und träumten davon, auf der Schaukel in den Himmel zu fliegen. Aber die Träume änderten sich und folgten den Kindern dann nach irgendwo. Die Schaukel hing vergessen da. Hinter den Wohnungstüren war es still geworden, und es wurde stiller, je öfter jemand von den Daheimgebliebenen hinausgetragen wurde, bis schließlich in jeder Wohnung nur noch einer übrig war...

Paul meinte anfangs zu Lisa, das Haus sei wie eine Festung, die nur noch mühsam von ein paar alten zurückgelassenen Burgbewohnern gehalten würde.

„Zu den alten Burgbewohnern gehören wir jetzt auch", hatte Lisa geantwortete, „nur, dass wir hier nun wieder die Jüngsten sind. Toll, was? Und was das Haus mit seinen fünf Wohnungen betrifft, sehe ich in ihm eher einen Baum mit fünf Ästen, wo an den oberen vier nur noch je ein welkes Blatt hängt. Nur an unserem Ast, dem unteren, da hängen noch zwei. Und glaub mir, es wird nicht mehr lange dauern, bis der Wind alle Blätter fortgetragen hat. Bestimmt wird der Baum dann froh sein, wenn die große Ruhepause endlich vorüber ist. Was ist schon ein Baum, der nicht grünen kann?"

„Lisa, du spinnst!", hatte Paul gesagt.

„Dann spinne ich eben! Phantasie zu haben heißt bei dir spinnen? Spinnst du auch, wenn du malst? Dazu

brauchst du schließlich auch Phantasie, oder nicht?"
Ohne Phantasie ist doch das Leben trist.
„Spinn weiter", war seine kurze Antwort. Dann zog er sich die Schuhe an und verschwand, wie er es immer tut, in seinen geliebten Wald. Das ist Paul.
Lisa setzt sich ans Fenster in den Sessel, auf den sonst er ein alleiniges Anrecht zu haben glaubt. Es ist ein guter Platz. Kein Wunder, dass der Sessel des Vormieters so verschlissen war, denn von hier hat man einen schönen Blick in den Garten.
Es ist wirklich still in diesem Haus, aber nicht nur in diesem. In fast allen Häusern der Siedlung wohnen immer noch Menschen, die vor fünfzig Jahren dort eingezogen waren. In letzter Zeit aber scheint das große Sterben begonnen zu haben. Man sieht jetzt öfter gardinenlose Fenster, und auf der Strasse begegnet man neuen Gesichtern - jungen Gesichtern...
Paul kommt von seinem Spaziergang zurück. Lisa kennt seinen Schritt und jede seiner Bewegungen. Es wird jetzt eine Weile dauern, bis er den Schlüssel aus seiner Hosentasche geholt, ihn ins Schloss gesteckt und die Haustür geöffnet hat. Die gleiche Zeit wird er für die Wohnungstür brauchen. Er ist wie eine Schildkröte, langsam, bedächtig, geschützt unter einem Panzer. Im Gegensatz zu seinen Gefühlen sind seine Handlungen überschaubar, wie programmiert...

Neujahrsmorgen

Nichts ist mehr hier zu sehen vom Feuerzauber der vergangenen Nacht, nur eine ausgebrannte Rakete am

Wegrand. Gespenstische Reflexe und schillernde Sterne wird sie über Gräber und Sträucher verbreitet haben. Doch ein "Prosit Neujahr" hat ihr hier wohl niemand entgegen gerufen. Wen an diesem Ort interessiert schon der Beginn eines neuen Jahres?
Der eisige Wind kneift Lisa heftig ins Gesicht. Sie legt sich den Schal übers Haar und bedeckt ihr Kinn.
"Ist dir kalt?", fragt Paul etwas erstaunt.
"Ja, mir ist kalt", antwortet sie.
Die Spaziergänge bei Wind und Wetter haben Paul abgehärtet. Lisa zieht es nur noch selten raus, manchmal kurz über den Friedhof wie heute. Da braucht sie nur über die kleine stille Straße und durch das Tor in der Mauer zu gehen. Meistens besorgt sie auf dem Weg das Grab der Eltern, so hat der Spaziergang noch einen weiteren Zweck erfüllt.
Wie still es hier ist... Das Knirschen der Schuhe auf dem Kiesweg ist unangenehm laut. Fast fühlt Lisa sich eines Vergehens schuldig.
Die Einladung zu Silvester war doch keine gute Idee. Ob auch Paul über den Abend nachdenkt? – „Was denkst du?"
„Nichts!
Lisa wusste, dass er "Nichts" sagen würde. Seine Antwort auf diese Frage ist immer "Nichts". Sie stellt sie ihm oft, einfach so, meistens, wenn ihr die Stille nichts mehr sagt. Sie reden nicht besonders viel miteinander. Jeder hat so seine eigenen Gedanken...
Es war ja wirklich kein besinnlicher Silvesterabend mit Gitte und Chris. Wie konnte sie auch den jungen Leuten nur Teepunsch anbieten? Christian bat schon bald, den Tee wegzulassen, und goss sich nur den Rum ein. Wein wollte er nicht. Zu spät war ihr eingefallen, dass er ab und an zu tief ins Glas schaut. Es gefiel ihr nicht, wie er mit der Faust den Takt auf den Tisch schlug. – Und seine

Witze... Hatte sich ihre Art zu feiern geändert? – Nein! Die Jahreswende war für sie immer schon etwas Besonderes. Sie bedeutet jedes Mal Abschied von einem Stückchen Leben, das nur noch Vergangenheit ist, sobald der Zeiger die Zwölf überschreitet...
Kalt ist ihr jetzt nicht mehr. Man gewöhnt sich wohl.
Wie hatte sie sich doch auf das gestrige Zusammensein gefreut. Wann bekommen sie schon mal Besuch? Paul ist nicht gern in Gesellschaft. Er lebt in seiner eigenen Welt, in der gerade für ihn genug Platz ist. Am Anfang ihres Zusammenseins war Lisa nicht ganz glücklich darüber. Aber dann gefiel ihr, wie Paul seine Gedanken – seine Träume in zarten Nuancen auf Karton brachte, und der Geruch der Farben... Irgendwann begann dann auch sie, Muster auf Seide zu malen, Figuren aus Ton zu formen oder kleine Plastiken aus Stein zu meißeln. Dabei entdeckte sie, dass Schweigen sie wieder zu sich selbst führte. Nur mit den Gedanken ist das so eine Sache, wenn sie sich mitteilen wollen. Dann beginnt Lisa leere weiße Blätter zu füllen, eins nach dem anderen...
Jemand hat eine Rose auf das Grab ihrer Eltern gestellt. Es muss gestern gewesen sein, der Frost hat ihre Frische eingefangen. Lisa berührt sie – wie Glas zerspringt die Blüte.
Mutter wollte immer eine Gruft am Bahndamm, damit sie die Züge hören kann, hatte sie gesagt und sich geärgert, wenn Vater darüber seine Witze machte, erinnert sich Lisa.
„Ich brauche dringend einen Kaffee, ich möchte umkehren", unterbricht Paul Lisas Gedanken. – Ja, ein heißer Kaffee wäre jetzt gut.
Er ist wirklich schön, der Platz am Bahndamm...

Taktgefühl – keine Frage des Alters

Eine Band aus New Orleans war in unserer Stadt. Blumenrabatten, im Hintergrund die weißen Säulen des Musentempels im Sonnenlicht, hätten vielleicht von Griechenland träumen lassen. Doch statt Sirtaki waren es schwere und heiße Rhythmen, begleitet von der gewaltigen Stimme einer farbigen Sängerin, die die Zuhörer fast zum Ausrasten brachten – auch mich. Zum ersten Mal erlebte ich so ein Musikspektakel hautnah. Ruhig stehen bleiben konnte ich dabei nicht, wie immer bei Musik. Ich schaute mich verstohlen um, ob mich vielleicht irgendwer beobachtete, der denken könnte, schau dir die Alte an... Aber ob alt oder jung, jeder bewegte sich, wippte mit den Füßen oder schwang die Hüften. Manche verdrehten sogar die Augen, schoben Grimassen schneidend ihre Unterkiefer hin und her. Altergrenzen gab es nicht.

Dieser Gefühlsausbruch überraschte mich wie vor einiger Zeit ein ähnlicher, als ich mit einer Freundin ein Wochenende in einem Kurort verbrachte. Dort hatten mich Empfindungen in Erstaunen versetzt, die ich längst vergessen glaubte. Denn nach einem Tag mit Spaziergängen durch den Kurpark, mit Cafe- und Konzertbesuchen, versprach ein Plakat für den Abend: „Tanzen und Träumen bei Kerzenlicht". Wir gingen hin. Zum Tanzen gab mir niemand Gelegenheit. So träumte ich dann eben nur; und die Melodien, die tanzenden Paare erweckten wieder Wünsche in mir, als hätte sich die Dichtung eines Einweckglases mit der Aufschrift „Romantische Gefühle" gelockert.

Ich beobachtete die Anwesenden. Es waren überwiegend ältere Leute. Bei fast allen Frauen veränderte die Musik etwas. Ihre Augen wurden lebendig. Gefühle, Erinnerungen zauberten Jugend auf ihre Gesichter. Die meis-

ten Männer aber, versteckt hinter Wein- und Biergläsern, schienen gelangweilt. – Ob sie überhaupt romantisch sein können? fragte ich mich. Mein Paul ist es nicht – das heißt, nicht so, wie ich mir das Romantischsein vorstelle – gefühlsbetont, stimmungsvoll, träumend... Aber er ist es auf andere Weise, bringt es beim Malen je nach Gefühlstiefe in zarten oder grellen Farben auf Papier oder Leinwand zum Ausdruck. Zärtliche Töne könnten ihn nicht in meinen romantischen Himmel fliegen lassen.
Früher löste Tanzmusik in mir immer die verrücktesten Regungen aus. Dann waren es Mahler, Mozart, Liszt, die mich stimulierten, jedoch ohne mich aus dem Gleichgewicht zu bringen. In meinem Alter schlagen Gefühle eben keine hohen Wogen mehr, sie plätschern eher sachte dahin, um dann züngelnd im Ufersand zu versickern...
Inzwischen aber weiß ich, dass es falsch ist, sich den Lebensjahren zu unterwerfen, dem jugendlichen Aussehen nachzutrauern, sich vielem zu verschließen, nur weil man älter geworden ist. Gefühle altern nicht, man darf sie nur nicht einschlafen lassen...
Wie bewundern wir doch die Schönheit eines alten Baumes. Solange er lebt, hört er nicht auf, Knospen zu treiben – Knospen, die, entfaltet, ihm Jugend verleihen, ganz gleich wie rissig und zerklüftet sein Stamm ist. Wir sollten es ihm einfach gleichtun...

Vision

Dämmerung drückt gegen die Scheibe – dringt in den Raum – kriecht in jeden Winkel des Zimmers – nimmt mich in ihrer schmutzig grauen Faust gefangen und

trägt mich hinüber in eine andere Welt... Schemenhaft das Gesicht einer Frau. Es begleitet mich in ein scheinbares Nichts. Nebel bedrängt – umkreist mich – verflüchtigt sich wie weiße Schatten. – Da ist ein Raum – nur Leere zwischen Spiegelwänden – und wieder die Frau, jetzt in ihrer ganzen Gestalt – fast schwebend. Ihre Füße hängen in Wolken, durch die ich ihr entgegen gehe...
Es ist ja mein Gesicht! Ich strecke meine Hand danach aus – lautlos zerspringt der Spiegel. Einem Spinnennetz gleich verbreiten sich Risse – mein Körper zerfällt – Rumpf und Gliedmaßen bewegen sich im Raum wie im zarten Spiel, bis ein Sog sie in eine Öffnung im Boden zieht. Mein Kopf bleibt gefangen in der Mitte des Netzes, von dessen Rand sich lauernd ein spinnenähnliches Wesen auf ihn zu bewegt. Ich kenne dieses Wesen, ich kenne es in seiner richtigen Gestalt. Es war schon früher in meinen Träumen, hatte torkelnd und lallend seine Spinnenarme nach mir ausgestreckt, mir die Luft zum Atmen genommen...
Jetzt beginnt es mit seinen nadelspitzen Fingern nach meinem Kopf zu schlagen – gräbt sie in meine Haut – kratzt, reißt, als wollte es die Erinnerungen, die auch ein Stück seiner Vergangenheit sind, herausgraben...
Plötzlich hält es inne. Sein Blick wird sanft. Erschrocken schaut es auf mein blutendes Gesicht – dann fällt sein Körper in sich zusammen und reißt das Netz mit sich. Mein Kopf ist wieder frei, er bewegt sich noch eine Zeit lang orientierungslos im Raum, bis der Sog auch ihn in die Öffnung zieht – zurück in die Tiefe der Traumwelt...
Aufgewacht sitze ich wie erstarrt in meinem Sessel, blicke auf das Loch im Boden, das nicht vorhanden, suche nach dem Traumbild, das verschwunden ist in jene Welt, die so schwer begreifbar.

Das Telefon schreckt mich auf. Mechanisch nehme ich den Hörer ab – nenne meinen Namen –„ verstehe nur langsam, was da zu mir rüberkommt...
Hallo! Bist du noch da?
Ja, ja, natürlich. – Wann, sagtest du, ist er gestorben?
Vor einer halben Stunde...

Verloren (nach: „Das dritte Zimmer, von Gabriele von Arnim)

Stille umgibt mich. Stockwerk um Stockwerk zieht an mir vorüber. Schaffe ich es nicht, meine vom Valium beherrschten Flügel auszubreiten, wird nichts meinen Fall verhindern können. Ein kleiner Fleck auf dem Asphalt wird von mir übrig sein...
Wann werden meine Flügel mir endlich gehorchen? – Ich falle – falle leicht, spüre den zarten Wind, der sich müht, meine Federn aufzurichten. Sinnlos, verloren werde ich sein...
Aus dem dreizehnten Stock warf sie mich. Sie mag keine Vögel und doch hocken elf in einem Käfig; einen für jeden, der sie einst zur Liebe verlockt – sie glücklich – süchtig nach Zärtlichkeiten gemacht hatte. Sie duldet nichts, über das sie nicht gebietet. – Ausgeburt einer kranken Fantasie! Elf stumme Vögel, malerisch platziert auf Schaukeln und Stangen, zwischen antiken Säulen, Stühlen, künstlichen Farnen und Lilien. Hocken wie ausgestopft und leben doch!
Nicht nur sich betäubt sie mit Valium. Uns stopft sie es mit Brei in die Schnäbel. Jeder muss sich einfügen in das Bild, das nur sie beherrschen darf – ihr bewegungsloses

Bild, das ihr Leben ist. Ich werde sterben, weil ich meinen Platz verlassen konnte. Die Dosis war für mich nicht stark genug. Für sie bin ich längst tot...
Oh, das letzte Stockwerk – es war das letzte! Ihre kranke Vorstellung wird sich nun erfüllen. – Meine Flügel bleiben unbeweglich. Gleich werde ich sterben – sterben – sterben...
Was ist? He, du warst eingeschlafen.
Das war nicht ihre Stimme. Ich bin nicht tot, sitze noch in meinem Sessel am Fenster. – Ein aufgeschlagenes Buch liegt auf meinem Schoß.
Gabriele von Arnim, „Das dritte Zimmer". – Ich erinnere mich! – „Das Vogelzimmer" hatte mich für einen kurzen Schlaf in die Auswegslosigkeit gedrängt...

Spaziergang am Morgen

Wie herrlich doch der Wald am frühen Morgen ist. Lisa hatte es fast vergessen. Alles scheint sich zu rekeln – zu strecken. Eichhörnchen am Wegesrand knabbern friedlich an ihrer Mahlzeit. Es macht ihnen nichts, wenn man zusieht. Sogar die Bäume scheinen sich zu freuen – sich vor Lisa freundlich zu verneigen und zu rufen: „Guten Morgen! Wir freuen uns sehr über den seltenen Besuch!"
Ein Stück weiter durchschneidet kalter, blanker Stahl den Wald – eine Bahnstrecke, über die eine Brücke führt. Als Paul und Lisa sie überqueren, keucht unter ihnen auch schon ein Güterzug, quietschend, Funken sprühend, ein schwer beladenes dampfendes Ungeheuer, das ringsum alles für einen Moment unsichtbar macht und die Stille zerreißt.

Nach einer Weile bleibt Lisa stehen, schaut sich um, da sagt Paul auch schon: „Erinnerst du dich noch an den großen Hexenring vor ein paar Jahren? Der war hier an dieser Stelle." „Genau, ich hatte gerade den gleichen Gedanken", sagt Lisa.
„Bei einem Hexenring…", will Paul wieder zu dozieren beginnen – …handelt es sich um eine mehr oder weniger kreisförmige Anordnung von Pilzen, die sich vom Mutterpilz im Zentrum strahlenförmig ausbreitet", fällt Lisa ihm ins Wort. „Du siehst, ich hab es noch nicht vergessen."
Es war wirklich ein toller, gleichmäßig gewachsener Ring, der einen Durchmesser von mindestens drei Metern hatte. Paul erzählte, dass damals die Menschen in seiner Heimat Hexenringe fürchteten, in dem Bewusstsein, dass nur Elfen und Feen sie betreten dürften, sie selbst aber tot umfielen, wenn sie in den Kreis hineingingen.
Lisa mag es, wenn Paul in seiner ruhigen Art von früher erzählt. Über seine Begeisterung hatte sie noch lange nachdenken müssen, tut er doch immer so, als berühre ihn weder Vergangenheit noch Zukunft – als lebe er nur den Tag.
Hier übrigens war meine Jogging-Strecke", sagt Paul stolz, „fünf Kilometer hab ich zuletzt geschafft."
Lisa fand den Ehrgeiz in seinem Alter immer übertrieben. Na ja, das kann er nun nicht mehr. Dafür joggt er jetzt jeden Morgen in die zweite Etage und legt Frau Hanter die Zeitung vor die Wohnungstür. „Is ma ich viel", meint er, „aber es geht doch wenigstens bergauf."
Lisa und Paul haben gerade den Zoo hinter sich gelassen, als ein junges Paar, das vor ihnen hergeht, sich umdreht und fragt: „Wie weit ist es noch bis zum Zoo?" Paul antwortet: „Wenn Sie weiter geradeaus gehen, sind es noch vierzigtausend Kilometer. Gehen sie aber zu-

rück und nehmen die Abbiegung rechts, dann sind Sie nach zweihundert Metern dort."
Auf den beiden verdutzten Gesichtern macht sich zeitlupenhaft ein Lächeln breit, das in Gelächter übergeht, anschwillt und zu den Baumkronen emporsteigt…
„Danke, vielen Dank! Wir wählen dann doch lieber den kürzeren Weg!" Lachend kehren sie um."
„Wenn Sie den Waldweg verlassen, brauchen Sie nur noch über die Straße zu gehen!", ruft Lisa ihnen hinterher. Lisa ist immer wieder verwundert darüber, wie charmant und witzig Paul sein kann.
„Sie hat freche Beine", sagt er plötzlich. „Wer?" „Das junge Mädchen eben." „Was du alles siehst", sagt Lisa.
Als sie nach Hause kommen, zieht Paul in seiner ostpreußischen Ruhe die Hausschuhe an, legt eine Kassette mit einer naturwissenschaftlichen Sendung in den Videorecorder und setzt sich in seinen großen Sessel, um auszuruhen. Dabei sieht er unendlich zufrieden aus. Das ist seine Welt, in der am liebsten ungestört sein möchte…

Wie lange noch?

Schnee ist bei uns selten geworden, doch in diesem Jahr schneite und schneite es. Die Schneedecke wurde so dick und fest, dass die Autos es kaum schafften, die schöne weiße Pracht in schmutzigen Matsch zu verwandeln.
Für eine Weile war der Schmutz unserer Welt zugedeckt und die Lautstärke der vielen Motoren gedämpft. Auf den kleinen Nebenstraßen, im Park und auf den Waldwegen konnte man von einer heilen Welt träumen.

Schön war es! Ausgelassene Kinder mit rot gefrorenen Bäckchen und tropfenden Näschen tollten im Schnee, bewarfen sich übermütig mit Schneebällen und stürmten mit ihren Schlitten jeden Hügel hinauf, um ihn mit Geschrei wieder hinabzusausen. Überall standen Schneemänner. Einmal, als ich abends nach Hause kam, versperrte mir eine Gestalt, so groß wie ein Denkmal, den Weg.
Hab' ich einen Schreck bekommen, als ich sie von weitem so reglos stehen sah. Dann erkannte ich, dass es ein Teufel aus Schnee war. Ich schaute ihn lange an und machte mir Gedanken, wie viele kleine Hände hier wohl am Werk gewesen sein mochten. Sicher haben auch die Eltern der Kinder geholfen, denn, wenn man auch aus dem Vollen schöpfen konnte, diese Menge Schnee musste mit einem Karren herangeholt und mithilfe einer Leiter aufgetürmt worden sein. Schade, dass dieses Kunstwerk nicht von Dauer sein wird.
Alle, die den Wunsch verspürten, längst Vergessenes einmal wieder auszuprobieren, konnten an diesem Winter ihre Freude haben.
Auf den zugefrorenen Seen tummelten sich große und kleine Leute zu Fuß oder auf Schlittschuhen.
Wer nur zuschauen wollte, hatte seinen Spaß daran, wenn Möwen, Enten und Blesshühner auf ihren Hinterteilen über die Eisdecke rutschten, sobald sie nahe der Stelle gelandet waren, wo man für sie ein Loch ins Eis geschlagen hatte. Es sah schon putzig aus, wie sie auf unsicheren Beinchen dort hin watschelten. Hungern brauchten sie nicht, auf dem Eis verstreut lagen unzählige Brotstückchen, die die Spaziergänger mitgebracht hatten.
Nach und nach verschwand der Schnee, und nur das Granulat, das man auf die vereisten Wege gestreut hatte, knirschte noch unter den Schuhen.
Die Sonne hatte den Boden wieder getrocknet und lockte zu einem Spaziergang. Es roch nach Frühling und warmer

Erde. Die Leute schauten fröhlich drein, die Vögel zwitscherten aufgeregt durcheinander, und auch die Ausgelassenheit der Kinder war die gleiche geblieben wie bei ihren Schlittenfahrten.
Jetzt, wo der Schnee weg war, sah alles wieder grau aus. Aber bald würden die Sonnenstrahlen das erste Grün hervorlocken.
Plötzlich hatte ich die schreckliche Vorstellung, dass wir Menschen irgendwann einmal vergeblich auf den Frühling warten würden, und die Erde für immer so trostlos bliebe. Kahle Bäume, die ihre Äste in den Himmel streckten, als flehten sie um Leben, doch sie würden herabsinken, und nur vermoderte Stümpfe blieben zurück. Seen und Flüsse, übersät mit weißen Fischbäuchen, tote Erde, aus der nichts mehr wachsen kann, Menschen, abgemagert, weil sie kaum noch Nahrung fänden – zum Sterben verurteilt. Kein Vogel würde mehr singen und Insekten nicht mehr summen – überall nur Sterben und Stille...
Ein kleines Mädchen stand plötzlich vor mir, ihre schwarzen Ringellöckchen ließen nur eines seiner hellblauen Augen frei, mit dem es mich scheu ansah. Als ich ihm freundlich zuzwinkerte, verlor es seine Scheu, bückte sich nach dem Ball, der neben meinem Fuß lag. Es lief ein paar Schritte und rollte ihn absichtlich wieder in meine Richtung. Eine Weile spielten wir uns den Ball gegenseitig zu, bis es wieder zu den anderen Kindern zurück rannte. Ich schaute den quirligen Geschöpfen noch eine Weile zu.
Wenn dieses kleine Menschlein mich auch aus meiner furchtbaren Vision herausgeholt hatte, so ist doch meine gute Laune, wie ich sie vor meinem kleinen Spaziergang hatte, verflogen.
Sehr nachdenklich und mit der Hoffnung im Herzen, dass dies unserer schönen Erde niemals widerfahren darf, ging ich zurück in meine eigene kleine Welt, in der ich mich geborgen fühle.

Herbstgedanken

Ich hatte tatsächlich, wenn auch später als geplant, meinen Entschluss, in den Vorruhestand zu gehen, in die Tat umgesetzt. Der Herbst lauerte gerade vor dem Bürofenster, als ich mich von meinem Schreibtisch verabschiedete – ein lauernder Herbst, wie ein Panther vor dem Sprung, bereit, mich zu vereinnahmen...
Ein neuer Lebensabschnitt hatte also begonnen. So sehr ich mich auch auf den „Ruhestand" gefreut hatte, brauchte ich schon eine Weile, mich ans Nichtstun zu gewöhnen. Erst war mir, als hätte es mich aus der tosenden See ins seichte Wasser gespült. Die plötzliche Stille tat weh. Da war nun Zeit – Zeit, die ich mir gewünscht hatte, aber sie lähmte. Schon das Wort „Zeit" lähmte.
Dann war da noch diese Leere in mir, wo doch vorher meine Welt in Ordnung schien – die Tage ausgefüllt waren. Und wenn ich morgens, bevor ich zur Arbeit ging, in meinen vorteilhaft beleuchteten Spiegel sah, fand ich auch nichts an mir auszusetzen.
Nun aber fühlte ich mich alt und farblos, wenn ich in den Spiegel sah, und wenn dann dieser verflixte hinterlistige Herbst noch die Sonne anknipste, glaubte ich ihn sogar schadenfroh kichern zu hören: „Das sind die Jahre, hihi, das sind die Jahre."
Du hast gut lachen, dachte ich, dir können die Jahre nichts anhaben. Du wirst immer wiederkommen als Herbst, schön oder hässlich, wie es dir gerade so passt. Ich aber werde nur einen Herbst haben...

Inzwischen hab ich mich längst mit ihm versöhnt. Er kann so schön sein – aber launisch ist er – launisch wie das Leben, denn, wie im Schlusssatz einer Sonate die Höhepunkte noch einmal erklingen, spielt er mit den Facetten von Sommer, Herbst und Winter. Doch mit ein wenig Glück verschenkt er manchmal sogar noch einen Frühling...
Inzwischen genieße ich es, nur tun zu können was mir gefällt. Viel zu viel, wie Paul meint, denn leider kann ich nicht „Nein" sagen, und somit gehen die „Verpflichtungen" manchmal ins Uferlose. Zeit zum Schreiben muss ich mir manchmal stehlen. Aber das wird sich ändern -, hoffe ich. Und außerdem hat Altern auch angenehme Seiten. Jetzt ruhen wir sogar mittags nach dem Essen. Seit ich im Ruhestand bin, ist der Herbst schon ein paar Mal gekommen und gegangen. Seit einer Woche ist er wieder da, launisch wie immer. Gestern zeigte er sich den ganzen Tag golden, nachdem er in der Nacht mächtig herumgespritzt hatte. Als ich am Nachmittag einen Spaziergang über den Friedhof machte, glitzerten immer noch Tropfen im Strauchwerk. Ich setzte mich auf eine Bank und genoss die wärmende Sonne.
Heute treibt er wieder sein Unwesen, zeigt sich von seiner typischsten Seite. Obwohl schon fast Mittag ist, hat er immer noch nicht seine weißen Nebelfahnen eingezogen. Sie hängen zwischen Bäumen und wehen am Fenster vorbei.
Paul verzieht sich trotzdem in seinen Wald. – Paul, der einsame Waldgänger. Ungewöhnlich früh ist er heute aufgebrochen. Im Wald ist er glücklich. Mit ihm erlebt er jede Jahreszeit. Und wenn Bagger und Planierraupen seinen Wald in Asphaltbänder zwingen, das beunruhigt ihn eher, als die sich mehr und mehr verändernde Beziehung zwischen uns. Pauls Herbst währt schon viel länger als meiner, und ihm hat er sich total angepasst. Er ist noch stiller und verschlossener geworden...

Ich hole mir ein Glas Wasser, setzte mich in Pauls Sessel und höre Musik. – Herbst vor dem Fenster und Tschaikowskys Fünfte machen schon ein wenig nachdenklich und melancholisch. Aber eine andere Musik, eine, die aufheitert, würde ich jetzt nicht hören wollen, denn gerade diesen Augenblick will ich genießen. Ich mag den Herbst sehr, mag ihn mit all seinen Stimmungen, möchte mich manchmal regelrecht einlullen lassen von seiner leisen Traurigkeit.

Ganz plötzlich verzieht sich der Nebel. Wind ist aufgekommen. Verstohlen schleicht sich die Sonne zu mir ins Zimmer, drängt sich durch das Gardinenmuster, liegt wie zerbrochen auf meinem Schoß. Ich öffne einen Spalt das Fenster – sofort greift der Wind nach den Vorhängen, beginnt mit ihnen zu spielen, lässt Sonnenscherben durchs Zimmer tanzen. – Sonnenscherben ... Eigentlich waren es immer nur Sonnenscherben, die auf meinem Weg verstreut herumlagen. Dabei hatte mir einmal jemand ins Poesiealbum geschrieben: „Sonne auf allen Wegen..." Doch da hatte ich erst begonnen, meinen Weg zu gehen.

Der wehende weiße Tüll weckt Erinnerungen – Erinnerungen an das kleine Mädchen, das ich einmal gewesen war, und das Muttis ausrangierte Tüllgardine über alles liebte. Mit ihr, träumte ich, als Braut zum Altar zu schreiten oder eine Ballerina zu sein. Viele Träume spukten damals in meinem kleinen Kopf herum. Der Krieg hat sie ausgelöscht, die Kinderträume, und später, als er dann vorbei, auch die Jugendträume. Und jetzt trägt sie mir der Wind ins Zimmer, und das mitten in meinem Herbst...

Die Sonne lockt, und ich entschließe mich, in den Garten zu gehen. Staudenbeete müssen geordnet und Sträucher beschnitten werden. Vor allem der Strauch an der Hauswand, er wuchert schon über den Weg. – „Jelängerjelieber", komischer Name für einen Strauch. Ich nehme die

Schere – ritsch ratsch, weg damit, je kürzer je lieber, denn im nächsten Jahr wird er sich wieder ausbreiten. Wie herrlich die Astern blühen! Ihr flammendes Rot, ihr leuchtendes Gelb, übertrumpft alles noch Blühende. Wäre es ein Bild von Paul, ich hätte sicher entsetzt ausgerufen: „Das Rot ist doch viel zu grell!"
Vogelscheuche Emma ist auch nicht mehr sommerfrisch. Sie sieht jämmerlich aus. Ihr Hut hängt schlaff. Auf Bluse, Rock und Schürze haben Vögel ihre Spuren hinterlassen – eine Respektlosigkeit! Genauso respektlos zeigt sich das Amselmännchen. Seelenruhig sitzt es dicht vor mir in der Vogeltränke und verspritzt mit seinen Flügeln das Wasser nach allen Seiten, ohne von mir Notiz zu nehmen.
Die eine Hand tief in der Rocktasche vergraben, in der anderen angriffsbereit die Schere, schlendere ich lustlos über die Wege. Soll ich oder soll ich nicht? Ist etwa mit dem Angriff auf „Jelängerjelieber" mein Arbeitseifer schon erschöpft? Ich glaube, er ist! Obwohl es für ein längeres Verweilen auf der Bank zu kühl ist, setze ich mich einen Augenblick.
Mein Blick geht zu der alten Grenzmauer. – Wie hübsch doch eine abgebröckelte Mauer sein kann, wenn sich Blumen vor ihr wiegen. Und wie herrlich noch die Herbstzeitlose blüht. Aber deren Tage sind schon gezählt. Sie wird sich wie immer aus dem Staub gemacht haben, noch bevor der Herbst sich voll entfaltet hat. – Herbstzeitlos... Möchte ich meinen Herbst missen? Nein, ganz gleich, was kommen mag, auf keinen Fall will ich das Finale versäumen...

Eric

In der letzten Zeit hatte Eric doch tatsächlich den Kontakt mit Lisa wieder zugelassen. Vielleicht dachte er dabei an ihr Versprechen, dass sie ihm damals nach vollzogener Scheidung auf der Treppe des Gerichtes gegeben hatte – das Versprechen, im Alter für ihn da zu sein. Dabei hatte sie doch einfach nur das Gefühl, in diesem Augenblick des Abschieds noch etwas sagen zu müssen...
Nachdem aber ihre Vorstellung von Liebe, Familie und dass die Ehe Eric ändern könnte, zerbrochen war, fühlte sie sich befreit, gehörte nicht mehr auf Biegen und Brechen zu den Bis dass der Tod euch scheidet-Frauen. Sie hatte tatsächlich den für den Beamtenstand damals noch heiklen Sprung gewagt. Das schien Eric ihr nie verzeihen zu wollen. Und nach seiner Weigerung in all den Jahren, den Kontakt mit ihr aufrechtzuerhalten, schon wegen Christina, musste sie annehmen, dass er ihr Versprechen auch nicht ernst genommen hatte. – Vielleicht will er jetzt nur nicht so einsam sterben, wie er in den letzten Jahren gelebt hat, dachte Lisa...
Die schwarzen Buchstaben an der Glastür scheinen in der Luft zu schweben – Station III b Geriatrie. „Sein Zimmer ist am Ende des Ganges", sagt Christina. Wie ein Partikel in der Unendlichkeit fühlt Lisa sich auf dem langen Flur. Das Klacken ihrer hochhackigen Schuhe im Rhythmus mit dem Quietschen von Christinas gummibesohlten Sandalen füllen die kalt glänzende, in beige gehaltene Leere, in die Lisa, ohne es so recht zu wollen, immer tiefer hineintaucht. Noch kannst du umkehren, ein-

fach umkehren, sagt ihre innere Stimme. Aber Christina braucht ihre Hilfe, und außerdem hat sie versprochen, Eric die Fußnägel zu schneiden.

Plötzlich bleibt Lisa stehen, als hätte es ihr jemand befohlen. Durch die halb geöffnete Tür des Aufenthaltsraumes kann sie ihn sehen. Gespürt aber hat sie ihn vorher schon. – Wie spitze eiskalte Finger hat seine Aura sie berührt – ihren Schritt gebremst.

„Da ist er", sagt sie zu Christina.

Unter großer Anstrengung windet er sich aus dem Stuhl, bewegt sich wie ein Roboter auf Lisa zu. Wie eine zweite Haut umspannt ein Schlafanzug aus Frottee den abgemagerten Mann, dessen dünne Arme Lisas Körper umfassen, als hätte er nie aufgehört, ihn zu besitzen. Ein Schauer läuft Lisa über den Rücken, als seine feuchtkalten Lippen ihre Wange berühren.

„Hallo Papa", sagt Christina und nimmt seinen Arm. Als Lisa helfen will, ihn zu stützen, macht er eine unwirsche Bewegung. – Da ist wieder dieser herrische Blick, vor dem Lisa sich immer gefürchtet hatte. Doch wie zärtlich und weich konnten manchmal seine Augen strahlen, wenn er Liebe wollte. – Aber das war, bevor der Alkohol sie getrübt und gerötet hatte. Damals dachte Lisa oft: Wären Augen wirklich Spiegel der Seele, müsste tief in seinem Inneren das verborgen liegen, wonach sie sich so sehr sehnte...

Als ein Pfleger ins Zimmer kommt, deutet Eric mit seiner kraftlosen Hand auf Lisa und Christina, mit den Worten: „Meine Frau, meine Tochter." „Was redet er nur?", sage Lisa leise zu Christina. „Er ist doch nicht verwirrt."

Vielleicht gaukelt er sich ja am Ende eine heile Familie vor, will zu verstehen geben, dass er sich immer noch mit ihr verbunden fühlt – dass er die Trennung vor siebenundzwanzig Jahren nicht akzeptiert hat und jetzt, am Ende seines Lebens, in den Ruinen der Erinnerung nach ihr verlangt...? Viele Gedanken gehen Lisa durch den Kopf. Unter großer Anstrengung und mit der Hilfe des Pflegers hat Eric es geschafft, seinen knochigen Körper in die Waagerechte zu bringen. Verloren wirkt er unter dem weißen Deckbett, unter dem man nun kaum einen menschlichen Körper vermutet hätte, wäre da nicht auf dem Kopfkissen ein blasses Gesicht zu sehen gewesen. Erschüttert steht Lisa am Fußende des Bettes, versucht in ihm etwas von dem hübschen blonden Mann mit den blauen Augen, dem aufrechten Gang wiederzufinden, der ihr bei der ersten Begegnung das Gefühl gegeben hatte, der Boden würde sich unter ihren Füßen öffnen. – Was war aus ihm geworden? – Was war aus Lisas Träumen geworden...?

Inzwischen kann sie ohne Emotionen über Eric – über die Zeit mit ihm nachdenken, denn sie hat sich innerlich längst mit ihm versöhnt. Was konnte er schon dafür, dass so viele vergiftete Seelen, deren er nicht Herr werden konnte, in seiner Brust nisteten? Vor ihnen hat er sich in den Alkoholrausch geflüchtet. Sicher hinderten sie ihn daran, so zu sein, wie er wohl gern gewesen wäre. So und nicht anders wollte Lisa die Dinge sehen...

Nun muss sie Christina beistehen, weil sonst niemand mehr da ist, der sich um Eric kümmert.

Da sitzt sie nun nach dieser langen Zeit auf seinem Bett, seinen zitternden Fuß fest unter ihren Arm geklemmt, um ihn nicht mit der Schere zu verletzen. – Ein eiskalter Fuß, an dem sie sich früher einmal wärmen konnte...

Nun ist er doch allein gestorben, liegt in der Küche auf dem blanken Fußboden, unter ihm eine braune Lache. Lisa schließt die Tür. – Der Tod hätte wirklich gnädiger mit ihm umgehen können...

„Wir müssen eine Decke über ihn legen, wir müssen eine Decke über ihn legen..." Immer wieder sagt Lisa den gleichen Satz. Aber weder Christina noch sie sind dazu fähig.
Lisa schaut sich in der Wohnung um. Die Tapeten sind gelb von Nikotin. Obwohl Eric zuletzt nicht mehr geraucht hat, liegt immer noch der Geruch von starkem Tabak im Raum. Es ist kaum etwas verändert worden – dieselben Möbel am selben Platz, dieselbe Schreibtischlampe, dieselben Bilder. Regale bis unter die Decke voller Bücher, von denen die meisten Lisa oft geholfen hatten, für Augenblicke abzutauchen – zu vergessen. Den echten Perserteppich im Arbeitszimmer kannte sie noch nicht, den hätten sie sich damals auch nicht leisten können. – Der Picasso, „Mädchen mit Taube", natürlich kein echter, hängt wieder an seinem Platz. Den und noch andere Dinge, hatte Eric vor Lisa in Sicherheit gebracht, als sie ihn endgültig verließ – Sachen, die sie besonders mochte.
„Ich fühle mich um siebenundzwanzig Jahre zurückversetzt", sagt sie zu Christina.
Auf der Suche nach den Papieren für das Begräbnis liest Lisa immer wieder ihren Namen – im Familienbuch, im Reisepass. Dem Mietvertrag nach ist sie sogar noch Mieterin der Wohnung.
Ein eigenartiges Gefühl, nach siebenundzwanzig Jahren plötzlich der Vergangenheit wieder so dicht gegenüber zu stehen. Doch Groll empfindet sie keinen. Die Zeit mit Eric war keine verlorene Zeit. Ihr verdankt sie die Fähigkeit, die wichtigen Dinge im Leben und in der Partnerschaft erkennen zu können.
Der schwarze Wagen ist abgefahren. Nur noch ein großer brauner Fleck auf dem Küchenboden bleibt zurück. Zögernd füllt Lisa Wasser in den Putzeimer und zieht die Gummihandschuhe an...

Gedanken, die immer wiederkehren

Paul ist noch nicht zurück. „Den Mülheimer Wald werde ich heute durchforsten", hatte er gesagt. Meistens macht er die gleiche Tour, doch heute brauchte er wohl mal wieder Abwechslung. Das Essen ist fertig, aber Lisa will nicht ohne Paul anfangen. Wenigstens die Mittagsmahlzeiten sollten etwas Gemeinsames bleiben.
Sie setzt sich in den Sessel am Fenster und wartet. Vielleicht ist es das Geräusch des Rettungshubschraubers der nahe gelegenen Klinik, das Lisa plötzlich in die Vergangenheit trägt, sie an die Motorengeräusche der Bomber erinnert... An den Tunnel mit seinen Schutzräumen, an Sirenengeheul – manchmal erst, wenn bereits Scheinwerfer kreuz und quer den nächtlichen Himmel durchschnitten, und die Flak (Flugabwehr) die vom nahe gelegenen Schlackeberg ihre Salven in den Himmel schoss – wum wum wum. Wie die Erde von den Geräuschen der schwer beladenen Bomber vibrierte; die dann ihre Last abwarfen, manchmal, bevor die Menschen den schützenden Tunnel erreichten... wie das Nachbarskind. Statt sich zu Boden zu werfen, als der hohe, singende Ton erscholl, lief es angsterfüllt und schreiend weiter und wurde dann von einem Bombensplitter getötet.
Lisa denkt daran, wie oft sie selbst weinend und mit blutenden Knien auf dem Boden des engen Stollens unter der Eisenbahnbrücke gehockt hatte, den Kopf in den Schoß der Mutter gedrückt, ihre schützende Hand auf ihrem Kopf gespürt, deren Druck sich jedes Mal beim Gesang einer Bombe verstärkte. Den Mund solle Lisa geöffnet halten, hatte die Mutter immer wieder gesagt,

wegen des Druckausgleichs in den Ohren bei den Detonationen. Speichel rann dann auf den Rock der Mutter und vermischte sich mit Lisas Tränen.

Lisa denkt an den Traum – den Traum von knisternd züngelnden Flammen, die im niederträchtigen Zusammenspiel mit einer Bombe das Haus, in dem sie wohnte, verwüstet hatte, als sie alle einmal nicht mehr den Gang zum Tunnel wagen konnten. Sie spürt wieder die gleiche Angst, die sie damals Nacht für Nacht im Schlaf aus sich herausgeschrieen hatte, hörte aus einer halbdunklen Ecke des Kellers das Stöhnen einer Frau – eine Stimme, die „Mutter, Mutter, hilf mir!" rief, und eine andere Stimme, die „Wir brauchen Licht! Wo sind die Kerzen?!" schrie. Sie sieht das schwache Aufflackern eines Streichholzes – den matten Schein der Kerzen, der gespenstisch die Schatten der zusammengekauerten Leiber an die Wand warf.

Wie verlassen hatte sich Lisa in dieser schrecklichen Nacht ohne den Schutz der Mutter gefühlt, die damit beschäftigt war, eine Decke von Wand zu Wand zu spannen, hinter der dann ungewohnt energisch ihre Stimme zu hören war: „Pressen! Pressen!", und dann ihren freudigen Ausruf: „Ein Junge. Es ist ein Junge!" Draußen heulten die Sirenen Entwarnung, und in das Geheul hinein schrie das kleine Menschlein sein Recht auf Leben. Über Schutt und Geröll kämpften sich die Hausbewohner nach oben.

Auch jetzt wieder riecht Lisa den Rauch, den sie jedes Mal riecht, wenn die Erinnerung kommt, schmeckt ihn sogar auf der Zunge. Sie erinnert sich an das völlig zerstörte Nachbarhaus, aus dem still und gespenstisch Eisenträger in den Himmel ragten und Gardine wie weiße Fahnen im Wind flatterten. Dort hatte niemand überlebt. Doch nur einen Steinwurf weiter war, wie ein Grashalm in verbrannter Erde, ein neues Leben entstanden.

Immer wieder diese Gedanken…

Unbekannte Welt life...

Seit längerem gehört Lisa einem Club an – ist jetzt sozusagen eine Clubianerin. Es ist ein Club, in dem Menschen ab fünfzig aber auch viel höher – willkommen sind. Klar, dass sie in ihrem Alter unter „viel höher" fällt. – Moment, wie war das? „Viel höher fällt"? Hört sich komisch an. Man kann hoch und höher steigen oder tief und tiefer fallen. Lisa zum Beispiel ist schon oft in ein Tief gefallen. Aber tief gefallen im herkömmlichen Sinne ist sie bisher eigentlich noch nicht. Jedoch als Clubianerin hätte sie durchaus nichts dagegen unter „tiefer als…" zu fallen. Seit einiger Zeit aber hat sie das Gefühl, in den Augen einiger höchst ehrbarer Leute nun doch tief gefallen zu sein, wenn sie erzählt, dass sie in einer Disco war. – Sogleich folgt der entsetzte Ausruf: „In Ihrem Alter?!" Und dabei schaut man sie immer etwas eigenartig an…
Man verändert sich eben durch seinesgleichen, findet plötzlich Menschen, die auch mit der Zeit gehen wollen und außerdem noch den Mut haben, jeden Unsinn mitzumachen. Da fühlt man sich wieder jung.
Natürlich gibt es auch bei den „jungen Alten" Tabus. Zum Beispiel würde niemand von ihnen Tangas tragen, Rollerscates fahren oder in der Öffentlichkeit schmusen – mit wem auch? Aus manchen Dingen ist man eben rausgewachsen.
Jawohl, sie war in einer Disco – einer Disco für die „reifere Jugend". – Reif? Meint sie nicht überreif? würde manch' spitze Zunge fragen. Klar! Schließlich kommt es

auf die Sorte an. Manche Sorten halten sich nun mal länger...

Außerdem hat sie endlich einmal die Musik der jungen Leute von heute kennengelernt – hautnah – am eigenen Leibe gespürt. Das hat ihr gereicht!!

Musik gehört ja nun zum Leben, angefangen beim Wiegenlied über Schlager, Schmusesongs, Jazz, Klassik bis hin zum Trauermarsch. Alles zu seiner Zeit natürlich. Aber Discomusik...?

Dass von ihrer Generation ja niemand auf die Idee kommt, zu denken, in so einer Disco ginge es zu wie bei Hazy Osterwald, schnuckelig und gemütlich. Nein! Dort dröhnt, stampft, blitzt und brodelt es wie in einer Hexenküche. Unterhaltung? Nicht möglich. Braucht man auch nicht, weil man meistens isst, und das von einem verführerischen Buffet. Man kann essen, was das Herz begehrt, bis zum Platzen. Für ganze sieben Euro Eintritt. Getränke natürlich extra. Aber was trinkt man schon in ihrem Alter? Vielleicht neben Mineralwasser mal ein Verdauungsschnäpschen wegen der Bekömmlichkeit (funktioniert ja nicht mehr alles so, wie es sollte).

Zwischendurch zappelt man die Kalorien ordentlich ab, dann braucht man sich um die Figur nicht zu sorgen. Das ist das Gute an einer Disco, man kann ganz alleine zappeln. Man geht auf die Tanzfläche, stampft mit den Füßen und rudert mit den Armen. Und ohne dass man es merkt, kommt sogar ein ganz bestimmter Dreh rein, als wäre ein Virus übergesprungen. Bewegung ist ja nun mal gesund und wichtig für alt und jung.

Aber, ehrlich gesagt, nach dem Schnüffelabend kommen Lisa Bedenken, ob ihre Sturm- und Drangzeit sie dann auch so unbeschadet gelassen hätte wie in den guten alten Tanzdielen damals?

Nach dem Verlassen der Disco nahm sie sich dann heimlich die Stöpfchen aus den Ohren...

Ein schwieriges Vorhaben

Wir haben November, doch seit ein paar Tagen macht der Herbst, was er will. 22 Grad zeigt das Thermometer. Diesen schönen Sonnentag im Haus zu verbringen, wäre eine Sünde. So packt Lisa die gefüllte Kaffeekanne und ein paar Kekse auf ein Tablett, klemmt sich die Mappe mit den Notizen unter den Arm und verlegt ihren Arbeitsplatz in den Garten. Vielleicht würde es ihr in der frischen Luft gelingen, endlich über Christina zu schreiben. Wie oft schon hatte sie damit begonnen, die Mappe beiseite gelegt, wieder begonnen und wieder beiseite gelegt. Über Christina zu schreiben macht ihr Mühe, besonders jetzt, wo sie sich endlich etwas näher gekommen sind und im Inneren von Lisa sich das lose Geröll zu einer festen Mauer zusammengefügt und ihr endlich etwas Ruhe gegeben hat. Der Gedanke, diese Mauer wieder einreißen und alles noch einmal durchleben zu müssen, macht ihr Angst.

Womit nur soll sie beginnen? Von den spärlichen Erinnerungen existieren Notizen, die alle den gleichen Stellenwert haben. Jede kann an den Anfang gehören. Aber an welchen Anfang? An den erhofften von damals, als sie mit Christina ein paar Tage am Meer war? Und dann? Was käme dann? Es ist so schwer, aus einer festen Mauer Steine zu brechen. So beginnt sie einfach mit den Tagen am Meer. Ist der Anfang erst einmal gemacht, wird es schon weitergehen.

Es waren schlimme Tage gewesen. – Nein! Sie so zu bezeichnen, wäre nicht gerecht. An den ersten drei Ta-

gen hatte jeder sein Bestes gegeben, bis zum Abend des vierten Tages. – Mechanisch schütte Lisa sich eine Tasse Kaffee ein. – An jenem Abend am Meer war in Christina wohl etwas vorgegangen. Lisa hatte es gleich gespürt. Lisa spürt immer, wenn etwas mit Christina nicht stimmt. Sie spürt es an ihrer Stimme am Telefon oder schon vorher an der inneren Unruhe.
Sie saßen in einem gemütlichen Lokal beim Abendessen. Wie von einem Überdruck hinausgeschleudert, hatte ihr Christina plötzlich Dinge vorgeworfen, die Lisa so belanglos erschienen waren gegenüber denen, deren sie sich immer schuldig fühlt. Hatte Christina die vergessen? Oder sie auch so tief vergraben wie Lisa?
Gedankenverloren nippt sie an ihrer Kaffeetasse, die sie schon eine ganze Weile dicht vor den Mund hält.
War das ein schrecklicher Abend gewesen! In dem Bewusstsein, endgültig verloren zu haben, war sie weinend aus dem Hotel in die stürmische Nacht gerannt, sobald Christina ihre Zimmertür geschlossen hatte. Sie lief vorbei am grell erleuchteten Pavillon zur Promenade, getrieben von dem zornigen Wind. Sie war gerannt, ohne zu merken, dass es dunkel wurde und ihr längst schon niemand mehr begegnete. Sie setzte sich in den Sand, atmete heftig und wild wie die See und wünschte sich, von ihr für immer mitgenommen zu werden.
Als sie sich auf den Rückweg machte, waren die Lichter der Stadt nur noch in der Ferne zu sehen. Es war schwer, gegen den Wind zu laufen. Am Pavillon wurden gerade die Lampen gelöscht, und ein Kellner hatte Mühe, die Stühle vor dem Sturm zu sichern. Er rief ihr etwas zu, Worte ohne Gewicht, die der Wind mitnahm. In Christinas Zimmer brannte noch Licht. Das hell erleuchtete Fenster an der schon dunklen Hotelfassade war ihr wie eine eiternde Wunde erschienen – eine Wunde, die schmerzt...

Es muss Christina nicht leicht gefallen sein, Lisa am nächsten Morgen zum Frühstück abzuholen. „Guten Morgen", hatte sie gesagt. Es war ein schuldbewusstes, versöhnliches "Guten Morgen", eines, das wie „Da war doch nichts, oder? Und wenn, hab ich's nicht so gemeint" - klang - ein „Guten Morgen", das die erhoffte Wirkung verfehlte. Ein Blick in Lisas Gesicht muss für Christina so gewesen sein wie kurz vorher Lisas Blick in den Spiegel, denn eine ganze Nacht durchgeweint hatte sie noch nicht einmal in der schlimmsten Zeit mit Christinas Vater. Aber Gefühle für einen Mann sind ohnehin nicht so tief, denn sie sind veränderlich. Sie entwickeln sich, nutzen sich ab, je häufiger sie verletzt werden, und dann ist dieser Mensch wieder so fremd, wie Christinas Vater Lisa fremd geworden war. Doch Gefühle für das eigene Kind sind dauerhaft. Sie bedeuten Glück, Sorge und Angst ein Leben lang. Aber das verstand Christina damals noch nicht. Sie hatte einmal gesagt, das ganze mütterliche Getue sei sentimentaler Quatsch. Es war Trotz. Sie muss fünfzehn gewesen sein. In dem Alter sagt man so etwas – nur keine Gefühle zeigen – nur keine Unsicherheit zur Schau tragen. Nicht spüren lassen, dass man in dem Alter noch ausschließlich aus wunden Stellen besteht...
Über Christina nachzudenken macht Lisa immer unruhig. Sie steht auf und geht ein paar Mal den Weg auf und ab, zupft hier und da ein paar welke Rosenblätter vom Strauch. – Eines immerhin war ihr klar geworden: mit ihrer nächtlichen Heulerei damals hatte sie mal wieder total falsch reagiert. Sie hätte wissen müssen, dass sie sich beide immer noch zu dicht am Rand eines nur scheinbar friedlichen Kraters bewegten und Christinas wunde Stellen längst noch nicht ausgeheilt waren. Christina hatte sich immer schwer mit ihrem Dasein getan, eigentlich von Anfang an...

Lisa drückt die welken Rosenblätter in die Erde und geht wieder zurück zum Tisch.

Ja, Christina hatte sich wirklich schwer getan. Schon aus Lisas Bauch wollte sie nicht raus, ließ sie zwei Tage und zwei Nächte in den Wehen, ehe sie wie ein Fisch aus ihr herausgeflutscht und davongeschwommen war. Immer weiter und weiter...

Warum nur kann Lisa sich so wenig an das Kind Christina erinnern? Sie schließt die Augen, versucht, wie schon so oft vergeblich, die verworrenen Erinnerungsfetzen zu entwirren. – Da waren die kleinen Ärmchen, die sich abends beim Zubettgehen um ihren Hals legten und nicht loslassen wollten. – War es eine Geste, die zeigen sollte: Ich hab dich doch lieb, Mami? – Da waren die großen fragenden Augen, die ohne Tränen weinten. Die blutende Wange, verletzt durch einen Porzellansplitter, der bei einem Streit in der Küche zwischen ihrem Vater und Lisa umhergeflogen war. – An Kinderlachen erinnert sich Lisa genauso wenig wie an die ersten Schühchen oder an Christinas Lieblingsspielzeug...

Christina war immer ein seltsames Kind gewesen. Niemals hatte Lisa von ihr ein Wort des Widerspruchs gehört, ganz gleich, was sie gerade zu erdulden gehabt hatte. Sie war immer eine Gefangene ihrer selbst, stumm, verstockt, in stummem Protest gegen die Familie, in die sie hineingeboren war: Gegen den Vater, der seine kleine Tochter „Fritz" nannte, weil er lieber einen Sohn gehabt hätte, gegen den Vater, der trank, randalierte und die Mutter in den schwangeren Bauch trat, als diese Christinas Brüderchen trug, das sich dann kurz nach der Geburt wieder aus dem Leben stahl, als hätte es gewusst, was es erwarten würde...

Gegen Lisa, ihrer Mutter, die sich der Aufgabe des Zusammenlebens mit einem Alkoholiker nicht gewachsen fühlte, die nicht in der Lage war, ihre kleine Tochter vor

den Auswirkungen des Familiendramas zu bewahren, das oft auf deren schmalem Rücken ausgetragen wurde; die ihren Frust an dem Kind ausgelassen und, statt es zu loben, oft nur getadelt hatte... Dabei hielt Christina immer nur ihre großen dunklen Augen starr auf Lisa gerichtet, die sich in ihrer Ohnmacht dann wie eine schlechte Mutter fühlte, deren einzige Zuflucht die Tränen gewesen waren.
Wie musste Christina diese Tränen gehasst haben, wo sie selbst doch niemals weinte... Inzwischen war sie erwachsen geworden, und Lisa von den Tränen immer noch nicht losgekommen, wie die Auseinandersetzung damals am Meer gezeigt hatte...
Da hatten sie nun am nächsten Morgen schweigend am Frühstückstisch gesessen, ohne die üblichen scherzhaften Bemerkungen, dass ein Hotelfrühstück dem anderen aufs Haar gleiche, oder ob der Kaffee nicht vielleicht doch Tee sei.
„Wirst du jetzt gar nicht mehr mit mir reden?", hatte Christine gefragt.
Doch, reden mussten sie, schonungslos.
„Du bleibst immer nur an der Oberfläche, beim Erzählen und beim Schreiben. Sprich doch endlich mal aus, wie es wirklich war." Das war Christinas ständiger Vorwurf. So versuchten Lisa und Christina es gemeinsam. Doch viel weiter als mit Lisas kümmerlichen Erinnerungen kamen sie auch mit den gemeinsamen Erkenntnissen nicht.
Auch für Christina ist das meiste unerreichbar geblieben – ist tief in ihr Bewusstsein gerutscht. Wo es im Inneren auch sitzen mochte, sie hatten beide keinen Zugang dazu. Und eine Erklärung, weshalb Lisa und Christina nie so recht zueinander finden konnten, fand sich auch nicht.
„Vielleicht waren wir ja in einem früheren Leben einmal Feinde", hatte Christina gemeint.

Eine Amsel kommt mit lautem Geschacker dicht über die Wiese geflogen und unterbricht Lisas Gedanken. In dem Moment kommt auch Christina durch das Gartentor über den Rasen. Ihr dunkles Haar glänzt in der Sonne wie das Schieferdach der gegenüberliegenden Kirche nach einem Regenschauer.
„Hallo, Lisa! (sie sagt selten Mutter) Geht es dir gut?"
„Sieht man das nicht?", antwortet Lisa. „Und dir? Du siehst müde aus."
„Ja, ja, Rentner müsste man sein", sagt Christina herausfordernd.
„So alt wirst du bestimmt noch nicht sein mögen", erwidert Lisa lachend. Auch Christina lacht, und ihr sonst so hübsches ernstes Gesicht ist noch hübscher. Eine Weile geht das Geplänkel so weiter. Das tut Lisa gut, denn auch Christina spricht sonst nicht viel.
Eine dunkle Wolke zieht vorüber, ihr folgt ein bissiger Wind, der Lisas Manuskriptseiten in die Beete mitnimmt und an den Blättern des Apfelbaumes rüttelt. Wie kleine Segelboote mit abgeknickten Masten schaukeln sie vereinzelte durch die Luft, auf den Rasen, auf das Tischtuch und eins auf das Haar von Christina, die gerade aufgestanden ist.
„Ich muss heim! – Ach, ich hätte gern ein bestimmtes Buch", kommt es etwas stockend – „eins von denen, die du damals aussortiert hast, als wir Papas Wohnung ausgeräumt haben. Könnte ich das mitnehmen?"
„Natürlich, es sind doch deine Bücher. Du weißt ja, wo du sie findest."
Lisa schaut ihr verwundert nach, als sie ins Haus geht. Das braune Blatt rutscht langsam aus dem Haar, verhakte sich kurz und segelt dann zu Boden. – Schön, dass sie nun doch eines von Papas Büchern haben möchte. Damals hatte sie sich geweigert, etwas aus der Wohnung mitzunehmen, weil alles für sie mit unliebsamen Erinne-

rungen behaftet gewesen war. Gut, dass Lisa mitgenommen hatte, was in der Familie bleiben sollte. Ihr macht die Vergangenheit längst keine Angst mehr. Sie war ein wichtiger Abschnitt in Ihrem Leben...
Vielleicht sieht Christina das ja inzwischen auch so. Seit damals am Meer ist sie verändert – sie haben sich beide verändert...
Lisa fröstelt plötzlich und greift nach dem Schultertuch, das auf die Erde gerutscht war. Der Himmel zeigt schon sein schläfriges Blau. Es wird richtig ungemütlich, als wollte der Herbst nun doch den Sommer endlich in seine Schranken weisen.
Ohne dass Lisa es bemerkt hat, steht Christina mit einem Beutel voller Bücher neben ihr.
„Ich habe noch eine paar andere eingepackt. Danke, Lisa, und mach's gut."
Eine Umarmung; und sie geht wieder über den Rasen durch das Gartentor. –„ Der Haltung des Kopfes nach zu urteilen blickt sie geradeaus, nicht mehr wie früher auf ihre Fußspitzen...

Natürlich fernsehen

„Heute hat Henry Maske seinen letzten Kampf", sagt Paul. Der Abend ist gerettet – für Paul. Er ist der Herr im Haus – nein, aber über das Fernsehen, meint Lisa. Eigentlich ist sie ja nicht so sehr für Sport. Sie schaut höchstens mal beim MSV, bei Steffi oder Boris rein. Wenn Henry boxt, auch manchmal, aber nur, weil er ein so toller Mann ist, und wegen der Musik aus Carmina Burana. Vom Boxen selbst versteht sie rein gar nichts.

Lisa sitzt also neben Paul und wartet darauf, dass endlich das „O Fortuna" durch die Halle schallt, und Henry in seinem tollen Outfit durch die Menschenmassen hindurch schreitet. Das ist immer so ergreifend. Aber was sie noch nicht weiß, ist, dass „O Fortuna" nicht mehr erklingen wird. So ist ihre Enttäuschung groß, als plötzlich eine andere Musik ertönt. Die ist zwar auch sehr schön, aber mit „O Fortuna" wirkte der Henry immer so in sich gekehrt, unwirklich – fast überirdisch. Nicht so wie andere Boxer, die schon in Siegerpose in den Ring klettern, was Henry noch sympathischer macht.

Der Kampf ist jetzt in vollem Gang. Paul sitzt da und schlägt mit den Fäusten Löcher in die Luft – und dazu sein Gestöhn. Wie kann man sich als Erwachsener nur so gebärden? Und wie Paul schimpft: „Bleib nicht immer auf Distanz, greif doch endlich an! Du brauchst Punkte!" Punkte? Lisa weiß gar nicht, was Paul damit meint. Soll der arme Mann sich vielleicht sein schönes Gesicht zerschlagen lassen? Wäre doch eine Schande. Paul erklärt ihr kurz, dass ein Kampf nach Punkten entschieden wird. Aha! Aber warum hält der andere Henry immer fest? Der lässt ihm doch überhaupt keine Chance, denkt Lisa. Sie hat das Gefühl, der vermasselt ihm die Tour. Jetzt hat der den Henry schon wieder in der Zange. Die Wut packt sie. „Mensch, Henry", ruft sie, „schüttele doch endlich diesen Klammeraffen ab und dann hau rein, gib ihm Saures, du brauchst Punkte, Junge, du brauchst Punkte!"

Paul ist verstummt, starrt Lisa entgeistert an. Aber nur einen Augenblick, dann blickt er wieder auf den Bildschirm, und die Enttäuschung packt ihn. Er ahnt wohl schon, wer in diesem Kampf den Kürzeren ziehen wird. Der Kampf ist beendet. Henry hat verloren – den letzten Kampf hat er verloren. Das kann nicht wahr sein! Mitten im Ring hockt er, hält sich den Kopf und kann es nicht fassen, hockt da, als wäre er angewachsen.

„Das begreift der gar nicht, das kann man sehen", sagt Lisa zu Paul. Aber der bleibt stumm – stumm wie all die, die jetzt im Ring stehen. Sie alle haben feuchte Augen. Auch dem, der immer wie eine Sirene die Namen der Kämpfer verkündet, laufen die Tränen übers Gesicht.
„Aber wenn der Henry auch nicht gesiegt hat", sagt Lisa, „so sind doch jetzt die Augen aller Boxfans der Nation auf ihn gerichtet. Was hat schon der andere, der – ach, ich weiß nicht mal, wie der heißt, was hat der schon von seinem Sieg? Kaum einer achtet auf ihn. Alle schauen sie nur auf Henry."
Und dann steht Henry auf, geht kopfschüttelnd, mal die Hände vor dem Gesicht, mal sie in den Himmel gestreckt, aus dem Ring.
„Stark! Das ist echte Verzweiflung", sagt Lisa. „Wär ja schön gewesen, wenn er mit einem Sieg in der Tasche aus dem Ring gegangen wäre. Mit Fortuna hätte es vielleicht doch besser geklappt. Was meinst du, Paul?"
„Gute Nacht", sagt Paul nur und geht ins Bett.

Hallo, alte Straße

Heute, wo der Himmel sich nach dem erfrischenden Regen wieder freundlich und sogar sonnig zeigt, will Lisa ihre Straße besuchen. 50 Jahre sind vergangen. Vielleicht findet sie ja ein Stückchen Kindheit wieder…
Bevor sie den Sternbuschweg überquert, macht sie einen kleinen Umweg entlang der Friedhofsmauer. Dann nimmt die Straße sie auf – nimmt sie auf, so als gehöre sie noch zu ihr. Ganz langsam schlendert Lisa an den Häusern entlang, bis sie vor dem großen roten Backsteinhaus

steht, in dem sie geboren und aufgewachsen ist. Die Sonne versucht dem dunklen Gemäuer zwar Helle und Glanz zu geben, doch dessen Alter lässt sich nicht verbergen. Das einstige helle Rot der Backsteine ist dunkel geworden – dunkel wie getrocknetes Blut. Bombensplitter haben Blessuren hinterlassen. Man könnte meinen, das Haus hätte die Kriegswirren ohne einen größeren Schaden überstanden. Lisa aber weiß von dessen neuer Hinterseite. Eine Bombe hatte sie weggerissen und damit Lisas Zuhause. Sie schaut sich diesen verwitterten Kasten an und dessen Nachbarn ringsum. „Bist ganz schön runtergekommen, alte Straße, ein wenig Make-up könnte deinen Mauern nicht schaden", sagt sie laut, und dabei geht ihr Blick hinauf zum vierten Stock...

„Da oben unter dem schwarzen Spitzdach, dem Himmel ganz nah, hinter den Fenstern der beiden Dachgauben, alte Straße, hat mein Leben begonnen. Von Pracht und Herrlichkeit war ich weiß Gott nicht umgeben, hatte auch keine Wiege mit rosa Seidenschleifen auf weißem Batist, lag wohlbehütet in einem Rechteck aus hohen grünen Holzlatten. Von den ersten Jahren meines Daseins weiß ich wenig, war wohl einfach nur da, riss wie ein Jungvogel den Schnabel auf, um Futter zu fordern. Doch ist da ganz schwach die Erinnerung an das lächelnde Gesicht meiner Mutter, den säuerlichen Geruch von Milch in ihrem großen aufknöpfbaren Leinen-BH, ihre Hand, die mir Sicherheit gab, an die einarmige Puppe, ein paar Glassteine, vertrocknete Blumen – wertlose Gegenstände, die ich aber für nichts in der Welt hätte hergeben wollen. Ich erzähle dir das, alte Straße, weil du ja nicht wissen kannst, was so hinter Fenstern vorgeht. Doch an Vaters Fahrrad müsstest du dich erinnern, und vielleicht auch an den kleinen Sitz auf der Fahrradstange, in dem ich oft gesessen habe, wenn wir über dich hinweggerollt sind.

Erstaunlich, was mir plötzlich wieder in den Sinn kommt, so als würdest du es mir zuflüstern, alte Straße.
Schau, dort oben hinter der linken Dachgaube war unser Wohnzimmer, gleichzeitig Schlafraum meines großen Bruders, und hinter der rechten war das Elternschlafzimmer. Darin, im Ehebett, schliefen Vater, Mutter und Hanne, meine große Schwester. Nur nach dem Mittagessen schliefen die Eltern alleine dort. Da wollten sie nicht gestört werden – verständlich, oder? Mein hohes grünes Gitterbett stand übrigens auch in diesem Zimmer gleich unter der Schräge neben dem Kleiderschrank. Ein Bett für ein Riesenbaby! Darin hatten schon meine älteren Geschwister ihre ersten Jahre verbracht. Viel zu groß war es für ein Kinderbett – so groß und sicher, dass es sich gut für den Transport eines jungen Elefanten geeignet hätte. Es wäre das richtige Bett für mich, hatte Mutter gemeint. Ich muss wohl ein sehr lebhaftes Kind gewesen sein. In diesem Gitterbett schlief ich nachts und langweilte mich oft tagsüber. Doch wenn die Vorhänge nicht zugezogen waren, kam der Himmel ins Zimmer, setzte sich in den Spiegel der Frisierkommode, die dem Fenster gegenüber stand, und ließ darin seine Wolkenschiffchen vorüberziehen. Manchmal stand Mutter davor, kämmte ihr schönes blondes Haar und zog sich ein hübsches Kleid an. Dann wusste ich, dass auch ich angekleidet und mit zum Einkaufen genommen werden würde. Ach, alte Straße, dann bin ich auf dir herumgesprungen wie ein junges Fohlen, das die Freiheit spürt.
Manchmal, wenn die Mutter abends fort ging, schloss sie Hanne und mich im Zimmer ein – eine reine Vorsichtsmaßnahme. Mutter hatte nämlich mal meinen großen Bruder erwischt, als er mich unter der Bettdecke „untersuchen" und mir seinen „Finger„ zum Anfassen geben wollte – ja, Finger, so sagte er jedenfalls. Das ging Mutter natürlich zu weit. Ach, diese Mütter von damals. Dabei ist

es doch völig normal, dass man sich ab einem gewissen Alter für das andere Geschlecht zu interessieren beginnt. Aber derartige Dinge waren nun mal zu der Zeit noch „streng geheime Chefsache".

Einmal, so erinnere ich mich, hatte die verschlossene Tür mich ganz schön in Bedrängnis gebracht. Onkel Hans und Tante Mia waren vorbeigekommen, um meine Eltern auf ein Glas Bier abzuholen. Natürlich war auch Hund Susi dabei, der bei Besuchen seinen Platz in der Küche im mitgebrachten Körbchen hatte, ein weißer, ständig keifender Spitz mit einer großen roten Schleife um den Hals. Im Laufe des Abends brauchte ich ganz dringend den Nachttopf. Betteln half nicht. Meine gehässige Schwester nutzte mit Wonne ihre Macht aus – rächte sich für alle Vorteile, die ich als Nesthäkchen genießen durfte. Ein verdammt ungerechter Krieg war das, denn auch der ärgste Feind muss ein Recht darauf haben, seine Notdurft ungehindert zu verrichten. In meiner Verzweiflung hangelte ich mich am Kleiderschrank hoch, klammerte mich daran fest und streckte in halsbrecherischer Weise meinen Po über den Rand des Gitterbettes. Schade, alte Straße, dass du das nicht sehen konntest, denn vor den Augen meiner schadenfroh grinsenden Schwester landete die Bescherung auf dem Fußboden. Und plötzlich krabbelte unter dem Bett ein weißes Knäuel hervor. Niemand hatte bemerkt, dass Susi sich ins Schlafzimmer gemogelt und unter dem Bett verkrochen hatte. Und siehe da, Tante und Onkels Liebling stürzte sich auf mein Endprodukt und verzehrte es genüsslich schleckend. Endlich war das blöde Grinsen aus dem Gesicht meiner Schwester gewichen. Entsetzt und angeekelt schrie sie: „Suuusiii!" Susi, die das Rufen ihres Namens nicht als Aufschrei des Entsetzens, sondern als Aufforderung verstanden hatte, sprang mit wedelndem Schwanz und brauner Schnauze zu ihr ins Bett, wurde aber gleich wie-

der mit Schwung zurückbefördert, rutschte jankend über die roten, blank gebohnerten Dielenbretter wieder dahin, wo sie hergekommen war. Danach war meine Schwester furchtbar nett zu mir, holte mich zu sich ins Bett und kraulte mir den Rücken, ohne dass ich auch sie kraulen musste.
Weißt du überhaupt, was Rückenkraulen ist, alte Straße? Es ist so schön, als würde dich ein warmer Sommerwind liebkosen."
Lisa, den Blick immer noch nach oben gerichtet, beginnt laut zu lachen. Die Leute, die vorbeikommen, schauen sie erstaunt an, und ihre Blicke folgen dem von Lisa, nur sie sehen nicht das, was sie sieht. So gehen sie kopfschüttelnd weiter.
„Dort oben im zweiten Stock, alte Straße, wohnte die Familie Scharles. Aus einem ihrer Fenster hing immer die längste Hakenkreuzfahne, und Frau Kapinski, die eine Etage tiefer wohnte, ärgerte sich furchtbar, weil die Fahne ihr das Licht nahm. Ja, ja, liebe alte Straße, damals wurdest du immer festlich geschmückt, aus jedem Fenster hing die schwarzweißrote Fahne mit dem schwarzen Hakenkreuz. Ich würde schon gern wissen, ob dir das gefallen hat? Aber ich denke, dass du eitel genug warst und begeistert wie die meisten, die auf dir wohnten, ob klein wie ich oder groß wie Herr Scharles, der immer eine braune Uniform trug. Der machte einen furchtbaren Krach, wenn er mit seinen SA-Stiefeln die Treppen hinunterpolterte. Die Leute im Haus nannten das zackig. Aber wehe, wenn ich die Treppen hinunter sprang, dann flogen manche Türen auf und verärgerte Stimmen riefen: „Kannst du nicht leiser gehen?!" Peng, und die Türen fielen wieder zu.
Frau Scharles mochte ich sehr, sie war klasse oder cool, wie man heute sagen würde. Ich bewunderte sie vor allem wegen ihres „Blauen Salons", wie sie eins ihrer vie-

len Zimmer nannte. Den hättest du sehen müssen, alte Straße, er war mit blauem Plüsch und glänzenden Teppichen ausgestattet. In der Mitte stand ein schwarzer blanker Flügel. Manchmal spielte sie mir etwas vor und erzählte dann vom jungen Mozart und von seinem frühen Tod. Ich glaube, sie mochte Kinder, denn an jedem Ostern versteckte sie Nester auf der Wiese hinter dem Haus. An der Hauswand war dann eine große Leinwand befestigt, bewalt mit einer Blumenwiese und einem riesengroßen Ei. Mitten durch das Ei ging ein Riss, und das sah aus, als wäre gerade ein Küken geschlüpft. Wenn wir die Nester gefunden hatten, wurden sie vor die Leinwand gestellt. Meine Schwester und ich mussten dann Küken spielen, uns hinter die Leinwand stellen und aus dem Ei herausschauen, bis Frau Scharles ein Foto gemacht hatte, jedes Mal mit einer neuen Jahreszahl über uns auf der Leinwand.

He, alte Straße, das waren Zeiten, als Frau Natrop noch den kleinen Zigarrenladen neben der Haustür hatte. Da duftete es überall nach feinem Tabak. Aber inzwischen haben sie daraus eine Imbissstube gemacht, und es riecht mächtig nach Pommes, Bratwurst und Hähnchen. – Igitt! Und dazu noch der Benzingestank der vielen Autos, die ununterbrochen über dich hinwegrasen. Ja, alte Straße, du stinkst, bist überhaupt nicht mehr kinderfreundlich. Hier kann doch kein Kind mehr träumen, so wie ich es damals konnte. Damals... sogar auf deiner Fahrbahn konnte man spielen, von einer Seite zur anderen ein Seil spannen, es zum Schwingen bringen und drüberspringen. Kam mal ein Gefährt des Weges, wurde das Spiel einfach unterbrochen, indem wir in die Hocke gingen, das Seil schlaff auf dir liegen ließen und warteten, bis das Fahrzeug darüber hinweggezuckelt war. Ja, das war schön.

Ein paar der Häuser sind dir auch in den Jahren nach

dem Krieg noch verlorengegangen. Zum Beispiel das Haus, in dem meine Oma gewohnt hatte – nicht die dünne Oma, die liebe freundliche, sie wohnte auf deiner anderen Seite. Ich meine die dicke Oma, die garstige, die dich nie aus den Augen gelassen hat. Erinnerst du dich noch, alte Straße? Sie saß meistens in einem breiten Sessel auf einem kleinen Podest hinter dem Fenster. Ihre gestärkte dunkelgraue Schürze knisterte förmlich, wenn sie sich bewegte, was sie aber nicht oft tat, weil ihr Körpergewicht das nicht zuließ. Fast bewegungslos saß sie da. Betrat man das finstere kleine Zimmer, hätte man meinen können, ein großer Felsblock versperre den Blick aus dem Fenster, wäre da nicht ein sich ständig hin- und herbewegender Kopf zu erkennen gewesen. So saß sie da und wusste nichts anderes mit sich anzufangen, als Befehle zu erteilen und von Zeit zu Zeit mit beiden Händen ihre Schürze glatt zu streichen, wenn die sich in den Fleischrollen ihres Bauches eingeklemmt hatte. Knitterfalten hasste sie genauso, wie sie ihre Mitmenschen zu hassen schien. Doch die Mitmenschen mochten dicke Oma auch nicht leiden, denn sie war böse, egoistisch, klein und so dick, als hätten sich in ihr drei Generäle breitgemacht; und Opa hätte sogar behaupten können, sie wären in ihr verkörpert. Doch das zu sagen, hätte er sich nie getraut, obwohl er Oma um zwei bis drei Kopflängen überragte. Wer kommt auch schon gegen drei Generäle an?

Der Oma entging nichts, was auf der Straße passierte – jedenfalls nichts, was für sie von Interesse war. Sie spitzte nur die Ohren, um alles von den Nachbarn zu erfahren. Sie hatte alles unter Kontrolle.

Einmal aber, als wir Kinder mit den Eltern vom Spaziergang kamen und Kurs auf das Haus nahmen, muss der Oma entgangen sein, dass ich vorgelaufen war und schon an der Tür stand, als sie mit ihrer rauchigen Stimme zur Tante sagte: „Änne, räum de Dösch (Tisch) ab, da kumme Robert und Marie mit de widdaliche Penz(Kinder)." Dann sah sie mich, holte tief Luft und sagte: „Ach, da is ja mei Schätzche!", und drückte mich an ihren dicken Bauch.

Ich glaube, dich, alte Straße, mochte sie, denn du gabst ihrem Leben einen wichtigen Inhalt. Erinnerst du dich noch an die Metzgerei Dingel? Die war doch Omas ganze Glückseligkeit. Wenn von dort der Duft aus der Wurstküche über dich hinweg in ihre Nase zog, wurden Urinstinkte in Oma wach. Blieb schon bei den Mittagsmahlzeiten vom Fleisch kaum etwas für den Rest der Familie übrig, verschlang sie an diesen Tagen mindestens drei Kringel Fleischwurst extra zusätzlich. Niemand in der Familie konnte sich erklären, ob der Fleischkonsum schuld an ihrem Leibesumfang war oder die vierzehn Kinder, die sie geboren hatte. Genauso ungeklärt ist geblieben, mit welchen Mitteln sie sich diesen lieben, gut aussehenden Opa geangelt hatte. Der Arme saß die meiste Zeit im Hühnerstall, schaute den Hühnern zu, und die Hühner schauten ihm zu, wie er genüsslich an seiner Pfeife zog. Manchmal streichelte er die Hühner und sprach mit ihnen. Und kam aus der Kommandozentrale der Befehl, eines zu schlachten, tat er das nur schweren Herzens. Aber die Art, wie er dem Huhn den Kopf abriss, ließ ahnen, dass er dabei an einen der Generäle gedacht haben könnte, die ihm das Leben so schwer machten. Als Opa einmal krank war und Oma selbst ein Huhn schlachten musste, befahl sie mir, das Huhn ganz fest zu halten, damit sie ihm den Kopf abreißen könne. Dabei wollte ich gerade hinkeln und hatte dir, alte Straße, Hinkelkästchen aufgemalt. Aber der dicken Oma durfte man nicht widersprechen. Also hielt ich das Huhn fest, und Oma mit Einsatz ihres ganzen Körpergewichts riss und flog mit dem Hühnerkopf in der Hand in die Ecke. Vor

Schreck ließ ich den Rest des Huhns los. Das kopflose Vieh flog kreuz und quer durch die Waschküche und sein Blut spritzte gegen die frisch geweißten Wände und auf dicke Oma, flog weiter durch die Tür, bis es schließlich auf dir, alte Straße, liegen blieb und auch dich mit Blut besudelte. Dicke Oma, die aussah, als hätte sie die Masern, konnte sich nicht ohne Hilfe erheben. Einige Nachbarn waren notwendig, um sie wieder aufzurichten. Das war ein gutes Stück Arbeit. Sie schnaufte wie ein Walross, das an die Wasseroberfläche kommt, und ihre Augen sprühten wie die des Drachens, bevor Siegfried ihn um die Ecke brachte.
Ach, schön ist es, alte Straße, dass du mir hilfst, mich an meine Kindheit zu erinnern. Im Alter möchte man sich eben gerne wieder hineinversetzen, in die schöne sorglose Kinderzeit.
Übrigens, die Unterführung an deinem Ende, den gelben Bogen, wie ihn die Neudorfer auch heute noch nennen, hatte mich damals sehr beschäftigt. Vom Fenster des fünften Stocks sah er aus wie ein schwarzes Loch, in das du alles hineinplumpsen ließest, was sich auf dir bewegte. Aber wenn ich auf der Straße war und vor dem Tunnel stand, erschien er mir wie eine riesenlange Röhre, an deren Ende ich das Licht des Tages erst wieder hinter einer kleinen runden Öffnung sehen konnte, so als schaute ich durch das falsche Ende von Opas Fernglas. Heute schluckt diese gelbe Schlange unaufhaltsam Autos und spuckt sie wieder aus. Sie trägt ein Schild auf der Stirn, das vor Abgasen warnt…
Weißt du, alte Straße, dass du mich beim Spielen oft stolpern ließest und ich mich dabei verletzte? – Ungeschicktes Fleisch, hatte Mutter immer gesagt, das heilt schon wieder. Gut, das sei dir verziehen. Aber als wir im Krieg bei Fliegeralarm zum Tunnel rennen mussten, um Schutz vor den Bomben zu suchen, hast du mir in meiner Angst

und Hast oft Steine in den Weg gelegt und mich stolpern lassen. Da hättest du ruhig etwas umsichtiger sein können. Hattest du überhaupt eine Ahnung, wie das war, wenn die Sirenen die Bomber viel zu spät angekündigt hatten? Rennen – hinwerfen, wenn das Pfeifen einer Bombe zu hören war – Detonation abwarten – aufspringen, weiterrennen mit blutenden Knien, wieder hinwerfen und wieder aufstehen. Das war kein Spiel mehr, alte Straße. Na ja, viele Dinge waren ungerecht. Jetzt sind wir beide alt. Wie soll ich dir da noch etwas nachtragen? So, geschlagene drei Stunden gehe ich auf dir schon auf und ab. Jetzt wird es aber Zeit, fürs Mittagessen zu sorgen. Tschüß, alte Straße. Es war schön, mit dir zu träumen. Aber wohnen möchte ich hier nicht mehr..."

Bombenhagel

Für mich sollte eigentlich das Pflichtjahr beginnen, die erste Stufe zum Erwachsenwerden. Dabei hatte ich noch Glück: Statt in einer Fabrik arbeiten zu müssen, wurde ich als Helferin in einem von Nonnen geleiteten Kindergarten eingesetzt. So hätte ich einen leichten Start gehabt, wären da nicht die Bombenangriffe gewesen. Drei Angriffe in knapp vierundzwanzig Stunden. Mein erster Tag im Kindergarten: Schon morgens ging es los. In der Luft das Brummen der Flugzeuge, das Pfeifen der Bomben, die Einschläge ringsherum, das laute Beten der Nonnen, lauter und flehender nach jedem Einschlag. Die schreienden Kinder, die an mir hingen – an mir, der kaum Fünfzehnjährigen, der selbst vor Angst zum Schreien zumute war, aber entschlossen versuchte, die Kinder zu trösten, während die Nonnen auf den Knien Gott um Schutz und Hilfe baten. Jede Detonation ließ das Haus erzittern. Putz fiel von Decken und Wänden, Staub machte die Luft zum Ersticken dick, und die schwarzen Hauben und Gewänder der Nonnen grau. Es hörte einfach nicht auf. Es war, als würde die Erde auseinander gerissen, das Haus bebte und wankte – aber es hielt uns geschützt.

Irgendwann gaben die Sirenen Entwarnung. In Panik rannte ich nach Hause. Auf dem großen Platz vor dem Kindergarten waren viele Bombentrichter, durch die ich laufen musste, weiter durch Straßen voller Schutt, vorbei an zerstörten und brennenden Häusern. Auch mein Zuhause brannte, doch das Feuer konnte von den Nachbarn gelöscht werden. Am nächsten Tag war der Platz vor dem Kindergarten weiträumig abgesperrt – Blindgänger mussten entschärft werden…

Bei diesen drei Angriffen im Oktober/44 verlor meine Familie sieben Verwandte. Sie hatten auf ihrem Hof einen Erdbunker. Bis auf den Onkel, der außer Haus war, befanden sich acht Familienmitglieder in diesem Bunker, als eine Bombe ihn traf und sieben Leben auslöschte. Wie ein Wunder wurde das jüngste, ein Baby, vom Luftdruck der Bombe hinausgeschleudert. Noch eingewickelt in einer Decke lag es leise wimmernd und fast unversehrt hinter einem Betonbrocken…

Die Vorstellungskraft eines Menschen reicht nicht aus, nachzuempfinden, was im Inneren des Onkels vorgegangen sein muss, als er die Toten aus dem zerstörten Bunker holte, sie in die Wohnung trug und nebeneinander auf den Fußboden legte.

Meine Mutter wollte Abschied nehmen von den Toten. Der Friedhof war übersät mit länglichen Kisten aus einfachen Holzbrettern. Als sie endlich die erfragte Feldnummer gefunden hatte, suchte sie nach sieben Särgen, fand aber nur einen mit sieben Namen.

Sie wusste noch nicht, dass bei dem zweiten Angriff das Haus, in dem die Toten lagen, von einer Brandbombe getroffen worden und ausgebrannt war. So konnte Onkel dann nur noch die Überreste seiner Familie in die Sargkiste legen… Das Letzte, was wir über den Onkel erfuhren, war, dass man ihn in eine Nervenklinik gebracht hatte.

Bei diesen drei Angriffen auf Duisburg warfen die britischen Bomber in knapp 24 Stunden 9.000 Tonnen Brand- und Minenbomben ab. In diesem Bombenhagel starben mehr als 2.500 Menschen.

Die letzten Kriegstage

„Lebt er?" fragte Mutter, während sie gebannt auf den weißen Zettel blickte. Der junge Soldat nickte, tippte mit dem Zeigefinger verlegen an den Rand seines Käppis und verschwand, sichtlich gerührt über die Freude, die seine Botschaft bereitet hatte.

„Er lebt! Er lebt!" rief Mutter immer wieder. „Er liegt verwundet in einem Lazarett in Ravensburg – in Ravensburg – gar nicht weit von hier – Günter lebt!" Dabei weinte sie. Erst vier Wochen wohnten wir in Biberach. Vater hatte uns nach den letzten schweren Angriffen in die Evakuierung geschickt – Mutter, die ältere Schwester Hanna, die beiden Kleinen und mich.

Vater durfte die Stadt nicht verlassen, er war beim Sicherheits- und Hilfsdienst, und Günter, unser Bruder, musste mit achtzehn an die Front. Schon lange waren Briefe an ihn ohne Antwort geblieben. Aber Mutter hatte ihm unentwegt alles berichtet, so auch von der Evakuierung.

Zwar war schon hinter vorgehaltener Hand davon gesprochen worden, dass der Krieg bald zu Ende sei, aber wer wusste schon was Genaueres? Und da klopfte doch eines Tages tatsächlich dieser junge Soldat an die Tür ihres neuen Zuhauses, überreichte einen Zettel und sagte ganz einfach: „Von Ihrem Sohn."

Nichts auf der Welt hätte Mutter davon abhalten können, ihn dort zu suchen, auch nicht das Näherrücken der Front, das schon zu hören war. Hals über Kopf wurden die Rucksäcke gepackt, und große, kleine und noch kleinere Füße machten sich auf den Weg von Biberach nach Ravensburg, vertrauend darauf, gelegentlich von einem Fahrzeug mitgenommen zu werden.

So war es dann auch. Ein Bauer hatte Erbarmen mit der kleinen Gruppe und nahm sie auf seinem Pferdefuhrwerk mit. Irgendwann aber raste plötzlich ein Tieffflieger auf das Fuhrwerk zu.

„Runter vom Wagen!", rief der Bauer. Die in Panik geratenen Pferde bäumten sich auf und rannten los, noch bevor alle vom Wagen springen konnten. Durch den plötzlichen Ruck fielen sie auf die Straße. Kugeln peitschten die Erde auf, die Kinder schrieen, und die Mutter hatte Mühe, sie in das angrenzende Kornfeld zu ziehen. Der schwarze Riesenvogel entfernte sich für einen kurzen Moment, um sich dann wieder aufheulend auf die am Boden Liegenden zu stürzen. Dann war es still – beklemmend und erleichternd still.

„Die schießen auf alles, was sich bewegt", rief dann der Bauer. „Gehen Sie zu dem Hof dort drüben und warten Sie, bis es dunkel geworden ist."

Die Bäuerin hatte den Angriff beobachtet und ließ alle ins Haus.

Als es dunkel geworden war, setzte die kleine Gruppe ihren Weg fort, das Grollen der Front im Rücken, ein glutroter Himmel über dem angestrebten Ziel wie auf dem Weg in die Hölle...

Auf der dunklen Landstrasse lag ein erschossenes Pferd in seinem getrockneten Blut. Das Weiß seiner Augen leuchtete gespenstisch in der Dunkelheit. Die Kleinen schrieen vor Angst. Ihre Schreie zerrissen die Stille einer Feuerpause. Ein Trupp Soldaten mit Panzerfäusten auf den Schultern tauchte aus dem Dunkel auf – lautlos. Ihre Stiefel waren mit Lappen umwickelt.

„Sie sind hier in Frontnähe, verhalten Sie sich ruhig!" Leise, aber bestimmt war die Aufforderung. Dann hatte die Nacht den Trupp verschluckt. Einsamkeit wieder ringsum. Klein und schutzlos fühlte sich Lisa. Der Schutz ihrer Mutter hatte an Bedeutung verloren in der Weite unter dem blutroten Himmel...

Vielleicht hatte die Mutter diese Angst gespürt und ein Gebet zum Himmel geschickt, denn irgendwann kam ein Lastwagen, dessen Fahrer sie mitnahm. Es war ein Verwundetentransporter auf dem Weg zu einem Lazarett in der Stadt unter dem roten Himmel. Der Transporter fuhr ohne Licht. Niemand sprach ein Wort. Nur das leise Summen der Motoren und das verhaltene Stöhnen der Verwundeten war zu hören.

Es war schon hell geworden, als Ravensburg zu sehen war. Vor der Stadt brannten die Munitionsdepots. In einem Auffanglager, einer großen Halle mit ein paar hundert Betten, belegt von Männern, Frauen und Kindern, fand die kleine Gruppe Unterkunft. In dem Chaos der Stadt, zwischen den vielen Verwundeten fanden sie Bruder Günter.

In den nächsten Tagen war die Artillerie nur noch selten zu hören. Ravensburg wurde kampflos übergeben. Jubelnd empfingen die Menschen die französischen Befreier, bewarfen sie mit Blumen. Wie ausgelassene Kinder gebärdeten sich die Soldaten, sprangen von ihren Panzern, umarmten Leute, die ihnen Blumen an die Stahlhelme steckten. Es gab keinen Unterschied zwischen Gewinnern und Verlierern. Es gab nur überglückliche Menschen...

Zu Hause wartete Lisas Vater auf seine Familie. Geduld war nie seine Stärke gewesen und Warten schon gar nicht. Er befand sich in der englischen Zone, die Familie in der französischen. Überwechseln ohne Passierschein war nicht möglich. Aber nicht für Lisas Vater. Kurzerhand nahm er sein Fahrrad und machte sich, in der Hoffnung, von den Besatzern nicht erwischt zu werden, auf den Weg nach Biberach, wo er aber niemanden antraf. Sie sind zu Hause, dachte er wohl freudig, schwang sich wieder auf sein Rad und trampelte zurück nach Duisburg. Dort fand er die Nachricht: „Wir sind in Ravensburg. Haben Günter gefunden!"
Vater, Vater, du hättest besser in Duisburg bleiben sollen. Aber so war er nun mal. Wenn er sich etwas in den Kopf gesetzt hatte, war er nicht mehr davon abzubringen. Er stieg wieder aufs Rad und ab nach Ravensburg. Das Verhängnis nahm seinen Lauf...
Inzwischen, den heiß ersehnten Passierschein in der Tasche, machten sich fünf glückliche Menschen von Ravensburg auf den Weg über die wiederhergestellte Bahnstrecke nach Duisburg. - Armer Vater!
Das Glück der Familie wäre nach Vaters Rückkehr vollkommen gewesen, hätten da nicht insgesamt zweitausendachthundert erfolglos geradelte Kilometer die freudige Erwartung getrübt...

Neudorf

Für viele nur ein Ortsname, für Lisa Heimat, ein Ort voller Kindheitsträume, den sie nach dem Krieg verlassen musste. Ihre Großeltern, so erinnert sie sich, sagten niemals Neudorf, sondern "Op de Heid". So hatten nämlich, Mitte des achtzehnten Jahrhunderts, die ersten Siedler – von Friedrich dem Großen zu diesem damals noch menschenleeren Flecken geschickt – ihren neuen Heimatort genannt, der dann später den Namen Neudorf bekam. Nun ist Lisa nach einem halben Jahrhundert endlich in ihr geliebtes Neudorf zurückgekehrt – jetzt, wo ihr Leben fast gelaufen ist, denn die Zeit setzt schon zum Endspurt an. Verflixte Zeit, setzt zum Endspurt an und schmeißt einen doch gleichzeitig immer wieder zurück in die Vergangenheit. Zum Beispiel jetzt: Das neue Heim in der weißen Siedlung, in dem Lisa mit Paul den Rest ihres Lebens verbringen will, kennt sie schon von früher – von ganz früher... Damals gab es noch den ruhigen, wenn auch nicht immer satten Frieden, von dem sie ein kleines Zipfelchen erwischt hatte, bevor der Krieg wie eine große Woge ihre kindliche Welt überrollt und sie mit Angst und Schrecken erfüllt hatte. Aber dieses Zipfelchen Kindheit war glücklich gewesen und unbeschwert, abgesehen von den vielen Wochen, in denen sie täglich zu dem kleinen weißen Haus in der Siedlung laufen musste, um Essen zu holen. Viele Leute, die dort wohnten, versorgten kinderreiche Familien mit warmen Mahlzeiten und dienten so der Partei und dem Führer des Großdeutschen Reiches, der genau wusste, dass seine Ziele eines Tages viele Menschenleben erfordern würden. Kinderreichtum belohnte er mit dem Mutterkreuz, einer Auszeichnung, die für jede "echte deutsche Frau" ein Ansporn zum freudigen Gebären sein sollte. Lisas Mutter hatte diese Auszeichnung, von der Vater meinte: „Für datt Stücksken Blech können wir uns nix kaufen." Aber die warme Mahlzeit war für die hungrigen Mäuler lebensnotwendig. Lisa musste sie mit dem täglichen Gang zu der verhassten Siedlung teuer bezahlen. „Gib Acht, wenn du übern Stermuschwech gehst", sagte die Mutter immer. – Stermuschwech, so sagten alle – zumindest klang es so, und das blieb für Lisa, bis sie lesen und schreiben konnte. Der Sternbuschweg also, wie er sich schrieb, war die Hauptverkehrsstraße, wenn er auch ganz beschaulich mitten durch Neudorf verlief. Er trennte die weiße Siedlung von dem Viertel mit dem großen roten Backsteinhaus, in dem Lisa geboren und aufgewachsen war – er trennte sie räumlich und vor allem in den Köpfen der Leute. So fühlte sich Lisa auch immer wie ein Kind von der anderen – der falschen Seite, das in der weißen Siedlung nicht gern gesehen war (trotz aller Parteifürsorge). Sie duckte sich jedes Mal, als schwebe eine dicke Faust über ihrem Kopf, wenn die große hagere Frau aus der Tür trat und sie mit ihren strengen Augen ansah. Das Haar der Frau, straff nach hinten gekämmt, war im Nacken zu einem echten deutschen Knoten gewunden. Wie einen Schild trug sie ihre Ergebenheit zum Führer vor sich her, wenn sie, den Arm ausgestreckt und die Nase wie eine Speerspitze geradeaus gerichtet "Heil Hitler" sagte. Lisa hob sonst gern den Arm zum Hitlergruß, weil sie sich dann so erwachsen fühlte. Aber diesen Gruß zu erwidern, weigerte sie sich. Ohne ein Wort nahm die Frau dann die Tasche mit den Töpfen entgegen und schloss die Haustür. Ausgesperrt wie eine Bettlerin wäre Lisa am liebsten eine der Ameisen gewesen, die in einer langen Reihe unter der Treppenstufe des Hauseingangs verschwanden. Dass auch ausgerechnet die Eintöpfe dieser alten Hexe allen zu Hause die Mägen füllen mussten! Aber Lisa rächte sich, indem sie eine lange spitze Zunge machte, die sie der verhassten Frau in Gedanken wie ein Messer in den Rücken stieß. Die Demütigungen begannen unaufhörlich an Lisas Unbeschwertheit zu nagen – ließen sie sich klein und unbedeutend fühlen...

Es war ein kalter Februartag, als sich Lisa mit Paul auf den Weg nach Neudorf machte, um eine Wohnung zu besichtigen. Ein Platz für den Lebensabend sollte es sein – ruhig, nah am Wald gelegen und mit guten Busverbindungen, denn das Auto sollte weg – es musste weg! Paul hatte etwas gegen andere Autofahrer, die ihm dauernd und überall im Wege waren. Wenn das Auto abgeschafft wäre, würden Lisas Nerven geschont. Paul ist viel besser zu Fuß, und wie sie ihn kennt, führen ihn seine Spaziergänge sowieso meist über die Stadtgrenze hinaus. Es gibt ja so viele Ausflugsmöglichkeiten: Wald, eine Menge großer Seen, den Zoo, den Kaiserberg und, nicht zu vergessen, Rhein und Ruhr, die sich vor langer langer Zeit verbündet hatten und Lisas geliebte Stadt Duisburg zum größten Binnenhafen der Welt werden ließen. Es war schon ein eigenartiges Gefühl für Lisa, als sie nach mehr als einem halben Jahrhundert diesen Weg ging – über den Sternbuschweg, heute die Schlagader des Stadtteils, die Gabrielstraße, den Gabrielplatz, vorbei an der Gabrielkirche, die sich einem regelrecht in den Weg stellt. Wie eine Schutzmauer scheint sie die Siedlung vor neugierigen Blicken schützen zu wollen. Erst wenn man an ihr vorbei ist, tut sich auch heute noch das Bild einer verträumten Kleinstadt auf, aus deren Mitte ein hoher Schornstein ragt, der der Siedlung den Namen "Einschornsteinsiedlung" gegeben hat. Früher starrten die weißen Fassaden der Häuser der kleinen Lisa beängstigend kalt entgegen. Nun, mit ihren freundlichen Farben, wirkten sie versöhnlicher, und auf dem ersten Blick sah man ihnen nicht an, dass sie fast im gleichen Jahr wie Lisa in die Welt gesetzt worden waren. Nur der hohe Schornstein, die Zentrale, von wo aus früher die ganze Siedlung beheizt wurde und die angrenzenden Gebäude, früher Waschhaus und Kindergarten, machte einen verwahrlosten Eindruck. Dieser Teil, einst Treffpunkt der Bewohner, hatte ausgedient, als die Siedlung eines Tages von den Stadtwerken mit Wärme beliefert wurde, und jeder seine Wäsche in der eigenen Waschmaschine wusch. Auch der Kindergarten wurde nicht mehr genutzt. Die Kinder waren herangewachsen, aus dem Haus gegangen und hatten die Eltern, die mit der Siedlung eins geworden waren, zurückgelassen... Vieles in der Siedlung hatte sich verändert. Aus den Lokalen rechts und links des kleinen Platzes, wo die Partei ihre Versammlungen abgehalten hatte, waren kleine Läden geworden. Und so wie alle kleinen Straßen, die dort immer noch die vertrauten Namen großer Komponisten trugen, hatte auch der Platz sein Kopfsteinpflaster behalten, das in der Wintersonne wie Stahl glänzte. Das Ganze war überdacht vom Geäst ausladender Kastanienbäume, die damals – genau wie Lisa – jung, zart, ohne ausgeprägte Formen gewesen waren. Es war nicht schwierig, sich vorzustellen, im Sommer unter ihnen auf den Bänken auszuruhen, wenn in den Kronen die Sonne nistet. Da stand sie doch plötzlich mit Paul vor einem der kleinen Siedlungshäuser, die ihr damals so verhasst waren. Heftig klopfte ihr Herz. Vielleicht kommen ihr ja die Namen auf den Schellen bekannt vor. So wie Lisa es früher getan hatte, begann sie diese von oben nach unten zu lesen: Patzke, Hanter, Knittel, Olaske – wie Glasmurmeln kullerten sie durch ihren Kopf. Waren es diese Namen? – Was hatte der Mann am Telefon gesagt, die Wohnung sei im Erdgeschoss? Da stand Savier. So könnte die Frau geheißen haben – oder? War es dieses Haus? Fünfzig Jahre sind eine lange Zeit. Lisa rätselte, lief hin und her. Dann entschloss sie sich, dieses Haus mit seinen Bewohnern als das Haus zu sehen, das ihr als Kind soviel Kummer bereitet hatte. Paul grinste wie gewohnt über ihren Eifer. Ihm war jede Wohnung recht, wenn er nur seinen Wald in der Nähe hatte. „Sollte wirklich niemand von ihnen das Schiff je verlassen haben?", sagte Lisa, mit dem Wissen, dass kein Mieter jemals freiwillig aus der Siedlung gezogen war. „Vielleicht werden wir ja der erste Wechsel in der Mannschaft sein – auf einem einstmals weißen Dampfer mit seiner altersgrauen Crew." Nun werde ich auch endlich einen Blick ins Innere des Hauses werfen können, dachte sie. Damals war sie von dem Wunsch besessen gewesen, einmal zu sehen, wie die feinen Leute wohnten. Zentralheizung, ein Waschhaus und Dienstmädchen hätten sie, erzählte man sich. Und die Erwachsenen von der anderen Seite sprachen verständlicherweise ein wenig neidisch nur von der "Siedlung der faulen Hausfrauen". Der Schreck fuhr Lisa und Paul in die Glieder, als sie die Wohnung betraten. Bierdosen und Schnapsflaschen türmten sich neben einer stinkenden Matratze, die auf dem Fußboden lag. Man habe den Sohn, der nur noch allein in der Wohnung wohnte, abgeholt und in eine Anstalt gebracht, sagte man. Seit dem Weggang seiner Mutter in eine psychiatrische Klinik, wo sie dann auch gestorben sei, wäre er dem Alkohol verfallen gewesen. – Ob es diese Frau war? ging es Lisa wieder durch den Kopf... Die Decke auf dem Lager am Fußboden lag noch wie eben erst beiseite geschoben. Im Wohnzimmerbüfett hinter blinden Scheiben – Porzellanfiguren, Urlaubsandenken und Kristallsachen. An den Wänden Gesichter verschiedenen Alters in braunen Rechtecken und Ovalen. Der zerknitterte braune Ledersessel am Fenster mit der herausragenden Sprungfeder in der Mitte der Sitzfläche ließ in Lisas Kopf das liniendurchfurchte Antlitz eines alten Bergbewohners entstehen. In den Räumen war die Gleichgültigkeit der letzten Jahre zu spüren – Gleichgültigkeit Dingen gegenüber, die im Laufe eines Lebens angehäuft, liebevoll gepflegt und für unverzichtbar gehalten worden waren – Requisiten eines vergangenen Lebens. Geblieben sind Schatten, Erinnerungen, Staub – nichts als Gespenster... Immer wieder schaute Lisa sich um. Plötzlich schien alles hell, die Wände in Weiß und zartem Gelb, ein in Weiß gefliestes Bad, duftige Gardinen an allen Fenstern. Ein graublauer Teppich bedeckt die Böden. Sie sah ihr neues Heim schon in strahlender Schönheit. Es wird wunderbar werden. Warum kann der Mann das nicht genauso sehen wie ich? dachte sie. In ihrer Freude über die Vorstellung, wie die Farbe des Teppichbodens sich von hellen Möbeln abheben würde, rief sie: „Schööön!" Paul schüttelte den Kopf. Er konnte ihre Äußerungen nicht so recht verstehen. Die Gardinen am Fenster waren grau und staubten, als Lisa sie beiseite schob. Sie sah in einen verwilderten Garten. Eine Schaukel hing am Ast eines Baumes, schief – vergessen. Manchmal erbarmte sich ihrer der Wind. Es überraschte Lisa, welche Empfindungen diese verwaiste Schaukel in ihr auslöste... Wie oft mögen sie, die hier gelebt hatten, vom Sessel aus zu ihr hinübergeschaut haben, ziellos mit den Händen über die Armlehnen streichend in Erinnerung an ihre Kinder, an Vergangenes...? Lisa musste an die große hagere Frau von damals denken, die blind an den Führer, an die Partei und deren Ziele geglaubt hatte. Wie groß musste ihre Enttäuschung gewesen sein? Vielleicht war es ja wirklich ihr Platz, den sie und Paul jetzt einnehmen wollen, ging es Lisa durch den Kopf – aber, so ist eben das Leben... Doch Paul, angewidert von all dem Schmutz, wollte gleich wieder gehen. „Gegen Schmutz kann man etwas tun", hatte Lisa gesagt. Und denke daran, hier hast du deinen Wald. Das hatte Paul überzeugt. Noch einmal ging sie zum

Fenster. Wirklich, der Garten war eine struppige Wüste. Sie nahm sich vor, ihn wieder in Ordnung zu bringen. Eine Bank soll unter dem Apfelbaum stehen und längs der Wege Männertreu, Rittersporn und Margueriten blühen. Mit Pauls Hilfe würde sie dabei nicht rechnen können, er hasst Gartenarbeit – nur Gartenarbeit? Dachte Lisa. Er sagt doch von sich selbst, dass er ein fauler Hund sei – und Lisa würde sich hüten, ihm zu widersprechen. Aber wenn er will, kann er. Denn zeitgleich mit der neuen Wohnung war Paul in seiner Firma überraschend durch die Sortiermaschine gefallen – Vorruhestand! Lisa hatte noch ein paar Jahre. So blieb der größte Teil der Renovierung an Paul hängen. Die Osterglocken im Vorgarten ließen schon ihre zerknitterten Köpfe hängen, als das neue Heim endlich fertig war und sie einziehen konnten. Als Paul dann wie selbstverständlich den Hausmann machte, riss es Lisa glatt aus den Pantoffeln. Es war ein Heim, geschaffen für den Rest des Lebens. Aber Lisa wurde das Gefühl nicht los, es habe noch keine neue Seele, als wohnten immer noch in ihm die Gespenster, die sich seit mehr als sechzig Jahren dort breitgemacht hatten und die sie erst noch verjagen müsste. Mit der Zeit, so hoffte sie, würde es ihr sicher gelingen.

Ein Blättchen am oberen Ast

Ja, endlich war es soweit! Ein frisches grünes Blättchen an Lisas Haus-Baum. Es war ein frostiger, ungemütlicher Tag, an dem sich Lina-Christin ihren Platz auf dieser Erde erobert hatte. Fünf Pfund und zweihundert Gramm, ein kleines, schrunzeliges Menschlein mit großen

schwarzen Kulleraugen. Alle im Haus waren glücklich. Lisa freute sich besonders, denn ohne Aussicht auf ein eigenes Enkelkind hoffte sie, ein wenig Großmutter spielen zu können. Jede Gelegenheit nutzte sie, mit Lina-Christin auszufahren. Und siehe da, auch Lisas Paul lief mit. Manchmal stritten sie sich sogar um den Kinderwagen, und manchmal geriet ihr Leben ganz schön in Unordnung.
O je, da war mal ein Tag, ein herrlicher Frühlingstag – ein Tag, wie ihn sich Großeltern und die, die es gerne sein möchten, nur wünschen können – ein Vorzeigetag also. Fünfeinhalb Pfund Mensch und überdies zwei Pfund Rindfleisch für eine gute Suppe haben ihn unvergessen gemacht.
Von einer ausgedehnten Spazierfahrt mit Lina-Christin zurückgekehrt, wurden Lisa und Paul vor der Haustür von einer Menge Leute erwartet, mitten drin Babys Eltern, Rosemarie und Gerd. Manche schauten belustigt, manche mit düsteren Mienen. Das offene Küchenfenster im Erdgeschoss mit rauchgeschwärzten Fensterrahmen, im Vorgarten der Topf mit dem Rosendekor, eingebrannt im grünen Rasen, erinnerten Lisa an das vor Stunden aufgesetzte Suppenfleisch...
Zum Glück hatte Gerd nicht die Feuerwehr gerufen, sondern beherzt die Wohnungstür aufgebrochen und den Topf mit dem verkohlten Fleisch durch das Fenster in den Vorgarten geworfen.
Von nun an wollten Lisa und Paul ihre neue Lieblingsbeschäftigung gelassener angehen. Na ja, hin und wieder passierte es schon noch, dass Paul vor lauter Eifer vergessen hatte, die Schuhe zu wechseln und mit Hausschuhen durch den Wald stolzierte; oder dass ein Wochenendeinkauf vergessen wurde. Aber diese kleinen Malheurchen minderten ihre Begeisterung nicht.

Die erste Zeit ihres Lebens verbrachte Lina-Christin nicht nur bei ihren Eltern oben unterm Dach, sondern meistens unten bei Lisa und Paul. So hatte Lina-Christin zwei Nester, eins unter dem Dach und eins ganz dicht an der Erde. Was zwischen den beiden Nestern lag, war für sie noch nicht so interessant.

Aber wie alle Kleinen wuchs auch sie viel zu schnell. Und als sie dann auf dem Po durch die Wohnung rutschen konnte, wollte sie eines Tages auf eigene Faust herausfinden, was hinter den vielen Türen lag, an denen sie immer vorüber kam, wenn sie die Treppe hinuntergetragen wurde. Doch um die Wohnungstür zu öffnen, musste sie erst einmal an das komische Ding heranreichen können, das Mami und Papi immer runterdrückten, bevor sich die Tür öffnete. Aber dazu müsste sie erst einmal wie die Großen aufrecht stehen können. Sie ging auf die Knie, stützte sich mit den Händchen ab, hob den Po in die Luft und hatte plötzlich vier Beine. Da konnte doch etwas nicht stimmen. Sie war doch nicht Purzel, ihr kleiner Stoffdackel, und Brücke spielen wollte sie auch nicht. Sie gab sich einen Ruck, streckte die Ärmchen in die Luft und - plumps, saß sie wieder auf ihrem Po. Sie probierte es immer und immer wieder. Manchmal schaffte sie sogar, auf ihr Ziel loszutorkeln – ein – zwei, manchmal sogar drei schwankende Schrittchen weit, als hätte sie Papas Whiskyglas leer getrunken. Aber eines Tages schaffte sie es, reckte und streckte sich und – schwupp, die Tür ging auf. Dann kam Mami und drehte den Schlüssel um. Das aber sollte für Lina-Christin kein Hindernis sein. Den kleinen Dreh mit dem Schlüssel hatte sie auch bald raus. Von diesem Tag an entdeckte sie eine neue Welt. Ganz fest hielt sie sich jedes Mal am Geländer, wenn sie auf ihrem Po die Treppe hinunterrutschte. Mit ihren Patschhändchen klopfte sie so lange an eine Tür, bis ihr geöffnet wurde. Treppenausflüge wurden ihre große Leidenschaft. Mama konnte ganz beruhigt sein, das Schutzengelchen schien nie von Linas Seite zu weichen, denn jeder Hausbewohner schloss erst seine Tür, wenn sich eine andere hinter Lina-Christin geschlossen hatte.

Besuch im Altenheim

Die Konturen hinter der Scheibe kannte Lisa schon – den nach vorn gebeugten schmalen Oberkörper und darunter den eckigen Rollstuhl, dessen Metallteile manchmal in der Sonne blitzten. Schon sechs Monate sind vergangen, seit Oma Patzke ihre Dachgeschosswohnung verlassen musste. Nun saß sie da und wartete, wie man sagt, jeden Tag. Doch auf wen außer auf Lisa, die nur ganz selten kam? Aber der Inhalt ihrer Tage war nur diese Erwartung, die sie fast jeden Abend unerfüllt mit in den nächsten Morgen nehmen musste. Doch erblickte sie Lisa, strich sie sich eitel über das silbrige Haar, hob die Hand und winkte ihr zu. Es schien jedes Mal, als hätte es die Zeit zwischen den Besuchen für sie nicht gegeben.
Eine Woche war erst vergangen, als Lisa wieder einen Besuch im Seniorenheim machen wollte – „rein zufällig". Sie hatte etwas zu erledigen und es lag auf dem Weg. Aber Oma Patzke war nirgends zu finden. Ihr Rollstuhl war leer und stand neben der Aufzugstür. Im ganzen Haus suchte man nach ihr. So ging Lisa erst ihre Besorgung machen, um später noch einmal vorbeizuschauen.
Als sie sich auf diesem Weg der Bushaltestelle näherte, gelangte plötzlich ein Murmeln an ihr Ohr – eher ein Jammern, das immer lauter und verständlicher wurde: „...warum nicht ich – warum nicht ich – warum nicht ich?" Dann sah Lisa sie im Wartehäuschen sitzen – frierend. Sie trug nur eine leichte Ja-

cke, eine braune Wollmütze, unter der ihr Haar wie Silberfäden hervorlugte. Ihre Augen hatten die Farbe vergilbter Blätter eines längst vergessenen Buches. Tränen bahnten sich ihren Weg durch das faltige Gesicht. Ab und zu unterbrach ein Schluchzen ihre ständige Frage: „Warum nicht ich?" Sie erkannte Lisa nicht. Ihre trüben Augen richtete sie immer wieder auf die Fahrbahn.
„Was machen Sie denn hier, Frau Patzke?", fragte Lisa und berührte ihre Schulter.
„Warum sterbe ich denn nicht?", sagte sie, ohne den Blick von der Fahrbahn abzuwenden.
„Kennen Sie mich nicht?", fragte Lisa.
Aber statt der erwarteten Antwort kam die Frage: „Welchen Tag haben wir heute?" Dann begann sie wieder zu schluchzen.
Inzwischen hatte man die Suche nach der verschwundenen Heimbewohnerin auch außerhalb des Hauses aufgenommen und war an der Haltestelle angelangt, die nur ein paar Meter entfernt lag. Oma Patzke wehrte sich verzweifelt, als die Helferin ihren Arm nehmen wollte.
„Ich gehe hier nicht weg, ich gehe hier nicht weg!", rief sie immer wieder.
„Aber Frau Patzke, ihr Kaffee wird doch kalt. Frau Müller wartet auf Sie, sie möchte mit ihnen zusammen Kaffee trinken."
Da begannen ihre Augen zu leuchten. „Ja?", fragte sie und war nun endlich bereit mitzugehen. Das Aufstehen fiel ihr schwer.
„Wie mag sie es wohl ohne Rollstuhl bis hierher geschafft haben?", sagte die Helferin, der es mit Lisas Hilfe gelungen war, Oma Patzke aufzurichten. Als sie aber aufrecht stand, schüttelte sie Lisas Arm energisch ab und sagte: „Nicht zwei!" Sie schien Lisa wirklich nicht zu erkennen. Ihr Lebenswille schien gebrochen, doch die Tür, hinter der Stolz, Festigkeit und Würde verborgen liegen, hat sich noch nicht geschlossen, dachte Lisa. Sie schaute ihr noch ein Weile nach, wie sie, gebückt

und einen Fuß mühevoll vor den anderen setzend, davonging, in der freudigen Gewissheit, von jemandem erwartet zu werden, zu dem sie wohl Vertrauen gefasst hatte.
Bei dem Anblick wurde Lisa das Herz eng. Ein wenig Angst machte sich wieder breit. Eigentlich war Lisa doch schon bereit gewesen, das Alter als etwas Schönes anzusehen...

Friedhofsgedanken

Noch bevor der Herbstwind die letzten Blätter fortgeweht hat, ist Frau Patzke, meine frühere Nachbarin, gestorben. Nur ein paar Nachbarn sind zum Begräbnis gekommen. Verwandte hatte sie keine.
Der Himmel in seiner Trauerfarbe hat ein Einsehen, denn der Regen, der seit gestern fällt, hört auf, als die kleine Gruppe sich in Bewegung setzt. Vorbei an Kreuzen und Statuen, vorbei an Gräbern, auf die der Wind rostfarbene Blätter gehäuft, führt der Weg zu einem tristen schmucklosen Platz. Nur ein Kranz der Hausgemeinschaft, ein Bukett der Heimleitung und für die letzte zeremonielle Handlung vor dem Abschied eine Schaufel im nackten lehmfarbenen Sandberg – sonst nichts.
Als der Sarg sich in die Tiefe senkt, ist es, als verstumme für einen Augenblick das Gezeter der Amseln. – Hannelores Sarg war weiß und viel kleiner, denke ich, acht waren wir beide erst und bereiteten uns auf die Erste Heilige Kommunion vor.
Warum denke ich gerade jetzt daran? Vielleicht, weil es meine erste Begegnung mit dem Tod war? Ich erinnere mich, wie erstaunt ich damals über Hanneloren Tod war, weil ich dachte, nur alte Menschen müssten sterben.

Tod! Was bedeutet Tod? – Bedeutet es Furcht, Erlösung oder Heimkehr? Was mag Frau Patzke empfunden haben? Sie hatte einmal gesagt: „Um mich braucht ihr nicht weinen, weint um euch und eure Kinder. Vielleicht werdet ihr die Toten bald beneiden." Sie beklagte die Welt, hatte den Glauben an die Zukunft verloren. Sah sie etwa den Tod als Erlösung...?

„...wir haben uns hier versammelt, um unsere Schwester..."

Diese Grabreden, ich mag sie nicht, sie sind so unpersönlich – meistens leer – ohne Wärme.

Da drüben auf der anderen Seite hatte Hannelore gewohnt, genau gegenüber der Friedhofsmauer...

Eines Tages hatte Mutter gesagt: „Hannelore ist gestorben." Ganz klein und weiß lag sie in dem großen Bett. Ich hatte die Luft angehalten aus Angst, den Tod einzuatmen. Alle weinten. Im Haus roch es nach Kohlsuppe – wo es doch eigentlich nach Blumen hätte duften müssen...

Oft schon in letzter Zeit hatte ich Abschied von lieben Menschen nehmen müssen. Sie häufen sich, diese Abschiede. Doch ich empfindet sie jetzt anders als damals. Es ist ein Gefühl zwischen Zurückgelassenwerden und der Genugtuung, noch einmal davon gekommen zu sein. Tränen und Trauer sind der Resignation gewichen.

Mit dem Tod habe ich mich inzwischen abgefunden. Ich weiß, dass er unabwendbar ist. Ich mag ihn zwar nicht, bin aber bemüht, ihn wie einen Nachbarn zu sehen, mit dem ich notgedrungen freundlich umgehen muss, den ich mir aber gern vom Leibe halten möchte...

„ ... denn der Herr ist deine Zuversicht."

Warum müssen Grabreden nur immer so dauern?

Ob der Tod wohl endgültig ist? Vielleicht ist er ja wirklich nur ein Übergang in ein unbekanntes Jenseits, so wie es meine Christina sieht. – Wenn ich doch auch nur so fest

daran glauben könnte. Ein Leben nach dem Tod – wirklich ein beruhigender Gedanke... Als junges Mädchen hatte ich gehofft, nein, sogar geglaubt, unsterblich zu sein. Vielleicht tut das ja jeder. Vielleicht ist es sogar nötig, um den Zweck seines Daseins erfassen zu können...
„Amen!" sagt der Pfarrer.
Endlich. Jetzt wird er eine Schaufel Sand auf den Sarg werfen, aber dieses Geräusch mag ich nicht...

Im Restaurant

Gestern war der Tag angefüllt mit schlechter Laune. Als ich aber am Abend die Bettdecke abnahm, um ins Bett zu gehen, lachten mir frisch duftende Sonnenblumen auf dem Bettbezug entgegen.
„Wau!", sagte Paul, als er in mein Zimmer kam, um Gute Nacht zu sagen, „ist das dein Bett oder eine van Gogh-Ausstellung?"
„Ist es nicht wie ein Sonnenaufgang? Vielleicht hilft es, meine Laune zu verbessern."
„Du musst nur dran glauben. Gute Nacht", war seine Antwort.
Tatsächlich wache ich am Morgen erstaunlich fröhlich auf. Die Fröhlichkeit steigert sich sogar im Laufe des Vormittags – ein Gefühl zum Abheben erfasst mich. Was mag der Grund sein? Weder ist mein Manuskript fertig, noch hab ich im Lotto gewonnen. Auch die Feststellung, dass mein Lieblingsrock wieder passt, kann nicht der Grund dieser Euphorie sein. – Vielleicht doch die Sonnenblumen?

Schon Mittag. Nichts ist anders als sonst. Paul hat bis jetzt gemalt, ich geschrieben und fürs Essen gesorgt. Nach dem Mittagsschlaf – nichts. Und doch ist mir, als ginge ich barfuß durch Berge von Herbstlaub.
Paul malt wieder, ich werfe meinen alten Computer an. Bis der aber einsatzbereit ist, könnte ich noch einen Spaziergang machen, so langsam kommt der auf Touren. Wie alles, was alt ist. Ich gehe derweil zu Paul, der seine fast fertige Rialtobrücke begutachtet.
„Der Hintergrund ist schön locker, aber die Brücke wieder zu graphisch. Es kommt einfach immer wieder der Grafiker in dir durch", sage ich.
O jemineh! Das hätte ich nicht sagen dürfen, nicht, ohne vorher seine Stimmung zu prüfen.
„Das ist doch noch gar nicht fertig!", sagt er gereizt. Und dann...?
Man sagt ja, dass alte Menschen wieder zu Kindern werden. Demnach muss Paul jetzt wohl gerade im halbstarken Alter sein, denn er schiebt mich an den Schultern aus dem Zimmer, sagt: „Verpiss dich!", und schließt die Tür.
Ich bin ja nun wirklich nicht zimperlich, bediene mich oft genug des meist zitierten Wörtchens aus der Fäkalsprache, mit dem man so gut Dampf ablassen kann, und das Paul überhaupt nicht gerne hört und schon gar nicht sagt. Und dieser, mein Paul sagt plötzlich „Verpiss dich!" Aus seinem Mund klingt das ungeheuerlich. Mir ist zum Heulen zumute. Soll ich heulen, oder soll ich beleidigt sein? Damit hab ich allerdings schlechte Erfahrungen gemacht. Paul hat beim Beleidigtsein den längeren Atem. Also entschließe ich mich für die diplomatische Tour: Schließe ganz leise wieder die Tür zu Pauls Zimmer, die er in Anbetracht seines schlechten Gewissens sofort nach meinem Rausschmiss wieder geöffnete hatte, gehe in die Küche, koche Kaffee und mache es mir damit im Wohn-

zimmer gemütlich, ohne Paul etwas zu sagen. Nach mehr als einer Stunde schaut er um die Ecke.
„Soll ich Kaffee machen? Ach du hast schon."
„Ja, ich hab mich in die Küche verpisst und Kaffee gekocht", antworte ich, fühle regelrecht, wie ihm dieses Wort wie ein Nadelstich durch und durch geht. „Hoffentlich ist der Kaffee für dich jetzt noch heiß genug." Er lacht und setzt sich zu mir. Als ich nach einer Weile das Tablett mit dem Geschirr in die Küche bringe, tue ich das mit den Worten: „So, ich verpiss mich jetzt wieder in die Küche!"
„Jetzt ist es aber gut", meint er genervt.
Eins weiß ich, das wird er nie wieder sagen, da bin ich mir ganz sicher.
Das Telefon klingelt. Es ist Christina: „Wollen wir zusammen italienisch essen gehen?"
„Mitten in der Woche?", frage ich.
„Paul, Christina möchte uns zum Essen einladen, hast du Lust?" Er nickt. Wenn Christina Wünsche hat, sagt er nie nein. Ich glaube, vor ein paar Jahren war er mal in seine Stieftochter verliebt. Bestritten hat er es jedenfalls nie. Jetzt liebt er sie wie seine eigene Tochter. Auch Christina sieht in ihm gern den Vater.
Es ist später Nachmittag. Im Lokal sitzen nur zwei Paare, eins drei Tische neben uns, das andere versteckt hinter Weinlaub aus Plastik. Duft von Olivenöl und Basilikum flirtet mit unseren Nasen. Macht Appetit.
„Hast du dir schon was ausgesucht?", fragt Christina.
„Brauch' ich nicht. Ich esse immer Lasagne al Forno."
„Iss doch mal was anderes. Die Speisekarte ist voll guter Sachen. Für mich hat jede ungeöffnete Speisekarte etwas Geheimnisvolles, das neugierig macht", meint Christina, „ungefähr wie im Theater, bevor sich der Vorhang öffnet."

„Willst du damit sagen, dass ich mir im Theater ja auch nicht immer dasselbe Stück ansehe? Na gut, ich schau mal in die Karte."

Ich wette, Christina bestellt sich nach Durchsicht der geheimnisvollen Speisekarte auch wieder ihren geliebten vegetarischen Gemüseauflauf, und Paul, der heute wieder so schrecklich gesprächig ist, dass man es kaum aushalten kann, seine Frutti di Mare.

„Was wollen Sie trinken?", fragt der Kellner. Die Frage gilt mir.

„Ein Mineralwasser, bitte."

„Du mit deinem Mineralwasser! Bringen Sie uns eine Flasche Lambrusco", sagt Christina entschieden.

„Nein", sage ich abwehrend, „wenn schon Wein, dann lieber Frascati. Aber auf deine Verantwortung, du weißt, dass ich keinen Alkohol vertrage."

„Die Verantwortung übernehme ich", sagt Christina. „Und du, Paul?"

„Ich übernehme auch die Verantwortung", blödelt er.

„Ob du auch Frascati trinkst?"

„Ja, aber auch auf deine Verantwortung."

„Also, bringen Sie eine Flasche."

Christina und Paul sind immer noch in die Speisekarte vertieft, als der Kellner den Wein bringt und fragt: „Haben Sie schon gewählt?" Dabei schaut er zuerst wieder mich an. – Ja, ja, old ladies first...

„Ömm, Lasagne al Forno."

Christina legt die Speisekarte beiseite, grinst und sagt: „Mir bringen Sie bitte den Gemüseauflauf."

„Und mir Frutti di Mare." Ich wusste es. Wenn keine Erbsensuppe, dann Fisch. Damit ist Paul immer zufrieden.

„Sind wir nicht echte Gourmets?", meint Christina lachend. Dann fragt Paul nach ihrer Ägyptenreise, und sie beginnt zu erzählen. Eine Weile höre ich zu, aber meine Gedanken schweifen immer wieder ab, da ich schon gleich nach ihrer Rückkehr mit ihr darüber gesprochen hatte. Außerdem zeigt das Glas Wein seine Wirkung. Ich bin nun mal an Alkohol nicht gewöhnt. Ein paar Schluck, schon wird mein Kopf leicht, wiegt sich auf meinem Hals wie die künstlichen Sonnenblumen in der großen Bodenvase neben der Tür, wenn diese auf und zugeht. – Alles scheint sich zu wiegen im Takt träumerischer italienischer Schnulzen, die sich durch die herabhängenden Plastikweinranken drängen. Die Musik macht mich sentimental. Christina füllt die Gläser.

„Du hast dir wohl in den Kopf gesetzt, mich weinselig zu machen, was? Ich hab schon einen Schwips und bei der Musik bekomme ich auch noch Sehnsucht nach Italien."

„Oh, Sehnsucht ist schlimm, das kann ich nachfühlen", sagt Paul teilnahmsvoll. „Ich bekomme auch manchmal Sehnsucht, aber nach sauren Bonbons."

„Kannst du nicht mal ernst sein?"

„Das ist ernst. Wenn ich Sehnsucht nach sauren Bonbons habe und die Geschäfte sind zu, ist das furchtbar."

Paul hat mal wieder seinen Spaß.

Das Lokal füllt sich nach und nach. Wie im Theater spielt jeder seine Rolle. In der Ecke hinter den künstlichen Geranien eine Liebesszene: Ein junges Paar Hand in Hand. Er streichelt zärtlich ihre Hände, manchmal ein scheuer Kuss auf Hand und Mund, meistens aber ist ihr Blick träumerisch in die Ferne gerichtet – fast wehmütig. An einem anderen Tisch streitet ein Paar – Ehedrama? Auf der anderen Seite eine lebhafte Gesellschaft. Ihr Lachen füllt den Raum. Ihr Reden ist mehr ein Schwadronieren. Sie sprechen deutsch – alle im Lokal sprechen deutsch. Nur außerhalb der „Hauptbühne" von den trinkenden, kauenden und gestikulierenden Gästen wird italienisch gesprochen – Hintergrundgeräusch aus den Kulissen. Ulkig, die Italiener selbst scheinen in ihrem Lokal lediglich nur Nebenfiguren – Statisten zu sein...

Christina und Paul sind immer noch in Ägypten, unterhalten sich jetzt über koptische Kunst. Der Alkohol hat mich müde gemacht, ich muss gestehen, auch albern, denn ich stecke mir gelangweilt den Schmuck zweier Eisbecher rechts und links ins Haar, um auf mich aufmerksam zu machen, was mir auch gelingt.
„Jetzt siehst du aus wie Biene Maja", sagt Christina grinsend.
Da Paul eigenartiger Weise kein Verlangen nach Aufbruch zu haben scheint, antworte ich: „Biene Maja will nach Hause."
Paul steht als erster auf. Sieht aus, als wäre er doch froh über den Aufbruch. Fast 20 Uhr. Aha, ihn lockt der Fernseher. Als wir das Lokal verlassen, steht auf der anderen Straßenseite ein großer Dalmatiner wie in seiner letzten Bewegung erstarrt. Mit gespitzten Ohren, den Kopf zur Seite gelegt, schaut er mich an, als sähe er etwas, dass er nicht einordnen kann. Ein verhaltenes „Wu, Wu" und er tänzelt unruhig hin und her. Christina beginnt zu lachen.
„Du amüsierst ihn, mit den zwei Weltraumantennen im Haar", sagt sie. Erst als ich sie herausnehme, beruhigt sich der Hund. Irgendwie hatte ich den Eindruck, als hätte sich sein „Wu, Wu" wie Lachen angehört. Auch sein Blick schien lustig...
Bevor wir uns von Christina trennen, teilt sie uns mit, dass sie am Samstag für zwei Wochen nach England fliegen wird, und fragt, ob wir nach den Vögeln sehen könnten.
„Aha, deshalb die Einladung?", sagt Paul. „Das hättest du auch billiger haben können." „Unsinn, die Einladung zum Essen war sowieso mal wieder fällig", sagt Christina grinsend.
„Das war doch eine gute Idee von Christina, nicht wahr, Paul?"

„Ja, ja", antwortet er nur, wohl glücklich, wieder zu Hause zu sein. Er schlüpft in seine Pantoffeln, schaut ins Programmheft und stellt den Fernseher an. Tatort. Gut für Paul. Er liebt Krimis, davon kann er nicht genug bekommen. Sein Abend ist gerettet...
Die Sonnenblumen haben ihre Schuldigkeit getan, der Alltag hat uns wieder. Es gibt nichts mehr zu sagen, denn jeder kennt des anderen Ansichten, die meistens doch nicht übereinstimmen...
Da schwirrt ein Falter durch das Zimmer – gegen die Decke, gegen die Bilder, von Wand zu Wand, verfängt sich nach kurzer Rast mit lautem Flügelschlag in der Lampe, einer Blüte aus Keramik. Unruhige Schatten machen den Lichtschein lebendig, der bis dahin reglos an der Decke haftete.
„Er wird verbrennen", sage ich. Paul steht auf, doch bevor er nach ihm greifen kann, hat sich der kleine Schmetterling selbst befreit und sitzt erschöpft auf dem kühlen Marmor. Paul pflückt ihn ab und lässt ihn durch das Fenster davonfliegen. Dann ist es wieder wie an den anderen Abenden – die brennende Kerze, der Duft des Tees, die Stimmen im Fernseher...

Zockerrunde

„Spielhölle" bei Lisas Schwester Hanne. Es duftet nach Kaffee. Auf dem Tisch russischer Zupfkuchen. Gezockt wird immer nur bei Hanne. Sie hat Asthma, ist auch gehbehindert und kann, je nach Wetterlage, sehr oft das Haus nicht verlassen.

Hannas Krankheit war der Grund, dass Lisa sich zu einem regelmäßigen Treffen mit ihr veranlasst fühlte. Somit wurde dann auch der Kriegszustand aus den Kindertagen beendet. Warum ständig Krieg zwischen ihnen gewesen war, ist mit den Jahren unerheblich geworden – ist aus ihnen herausgewachsen – fast. Es war ein zermürbender Krieg, der ein blutiges Ende nahm. Erst einmal sind ihm Hannes blonde Locken zum Opfer gefallen. Lisa hatte sie ihr schwubbeldiwupp abgeschnitten – ihre erste Rache für alle Ohrfeigen. Für eine Zeit war Hanne, die gehässige Schwester, nicht mehr die hübsche. Lisa hatte nur „gerade Locken", die zu einem Bubikopf mit Pony geschnitten waren. So pummelig, wie sie war, mit ihren Sauerkrautstampfern und Mettwurstfingern, mit denen Hanne sie immer gehänselt hatte, fühlte Lisa sich sowieso schon benachteiligt. Aber mit fünfzehn stand ihr Entschluss fest: Ohrfeigen wollte sie von Hanne nicht mehr einstecken. „Wenn du mich noch einmal schlägst, wirst du mich kennenlernen!", hatte Lisa ihr gedroht.
Sie war fünfzehn geworden, ihre gehässige Schwester hatte wieder zugeschlagen – aber nur noch einmal, dann machte es Peng! Das hatte gesessen. Die Narbe an Hannes Bein ist heute noch zu sehen. Die Misshandlungen waren damit endgültig beendet.
Nun sind sie beide alte Schachteln und bemüht, miteinander auszukommen. Heute soll das Canastaschwein geschlachtet werden. Mit von der Partie sind Elsa und Tilda, die auf ungewöhnliche Weise vor langer Zeit Notiz von Hanne genommen hatten. Hanne war den beiden direkt vor die Füße gefallen.
„Mein Hündchen will oft nicht so, wie ich will", hatte sie gesagt. Die vergeblich suchenden Blicke nach dem Hündchen waren schon fast mitleidig geworden, als Hanne endlich erklärte, dass sie ihr steifes Bein so nenne, weil sie es immer hinter sich herziehen müsse. Da saß

sie nun auf der Straße und verblüffte mit ihrer naiven Heiterkeit, ließ glauben, dass ein steifes Bein das Selbstverständlichste von der Welt sei. Die beiden begleiteten Hanne nach Hause, denn „Hündchen" hatte wohl etwas abgekriegt. Es spurte einfach nicht mehr.
Niemand konnte mehr sagen, wer damals den Anstoß zu dieser Canastarunde gegeben hatte. Jedenfalls steht heute zum x-ten Mal das kugelrunde, rosarote, mit grünen Kleeblättern bemalte Canastaschwein auf dem Tisch, auf das Hanne rücksichtslos einschlägt.
„Armes Schwein", sagt Tilda.
„Das muss sein", antwortet Hanne.
„Und es quiekt noch nicht mal", blödelt Lisa. Ein lustiger und spannender Akt, Geld zählen – wohl der Höhepunkt aller Zocker. Des Schweinchens Innereien sollten für eine Fahrt ins Blaue reichen, aber da „Hündchen" das nicht aushalten würde, hatte man sich für ein Konzert mit dem schönen Titel „Zauberland der Balalaika" entschieden. – Bäuchlein mit Zupfkuchen gefüllt, Schwein geschlachtet, und ab geht's.
Worauf sich alle freuen, ist für Hanne die reinste Quälerei. Elsa, die beim Kartenkauf darauf achten sollte, für Hanne den richtigen Außenplatz zu bekommen, damit „Hündchen" sich im Gang ausstrecken kann, rätselte an der Kasse, ob es das linke oder das rechte Bein sei. – Dann war sie sich sicher, dass es das rechte Bein ist. Pech für Hanne, es war das falsche. Hin und her rutscht sie auf ihrem Platz, und zwischen „Leise flehen meine Lieder" und „Mein Hut, der hat drei Ecken" nimmt sie ihr steifes Bein und führt es beinahe senkrecht über die Köpfe der vor ihr Sitzenden hinweg zur anderen Seite. Für sie, die Artistentochter, die leichteste aller Übungen.
„Hast du den Fuß gesehen?", tuschelt jemand hinter ihr.
„Welchen Fuß?"
„Über dem Kopf der Dame vor uns." Ein leises Kichern.

„Du spinnst!"
„Da war ein Fuß!"
„Du hast Halluzinationen."
„Hältst du mich etwa für ver..."
„Psst, Ruhe bitte!", kommt es aus verschiedenen Richtungen.
Plötzlich steht Hanne auf. Nicht nur die Schmerzen quälen, sie kann, wie alle Beteiligten, ihre vibrierenden Lachmuskeln kaum mehr im Zaum halten. Es macht ihr sichtlich Mühe, mit „Hündchen" ohne Schaden zu nehmen und ohne lauthals herauszuplatzen über das glatte Parkett zu gehen. Ihre Erleichterung ist zu spüren, als sie endlich den Ausgang erreicht hat.
In der Pause treffen alle wieder zusammen, wo Hanne sich mit einem älteren Herrn unterhält. Auch er hatte den Saal verlassen, weil ihn seine Beinprothese schmerzte. Gemütlich sitzen sie in einem der tiefen Ledersofas, aus dem sich Hannes Gesprächspartner herauszuwursteln versucht, um alle zu begrüßen. Immer wieder plumpst er zurück in die Lederbeule. Aber er scheint ein Witzbold zu sein, denn seine nächsten Versuche macht er bei dem Stück „Kalinka", das aus dem Saal zu hören ist. Er startet bei Ka, gibt sei bei lin einen Ruck und fällt bei ka wieder zurück. Ein paar Mal versucht er es: Ka – lin – ka, Ka – lin – ka, dann gibt er auf. „Entschuldigen Sie bitte, dass ich nicht aufstehe", sagt er und beugt höflich den Oberkörper nach vorn. „Mein Name ist Hund."
„Huuuund?!", platzen alle heraus.
„Aber mit dt am Ende, bitte", betont er und fügt hinzu: „Hundt hat gerade Hündchen kennengelernt." Ein Gelächter bricht los.
„Bitte, meine Herrschaften, Sie stören das Programm", sagt vorwurfsvoll einer der Saalordner. Tilda, Lisa und Elsa helfen Hanne und Herrn Hundt aus dem Lederunge-

tüm heraus und gehen in ein Lokal, um den Abend mit einem Glas Wein zu beschließen.
In Herrn Hundt hat Hanne einen verständnisvollen Leidensgenossen gefunden. Sie gehen jetzt gemeinsam spazieren, beide mit ihrem „Hündchen", das eine rechts, das andere links. Die Sorge, dass Hanne sich einsam fühlen könnte, ist nicht mehr da...

Geburtstagsvorbereitungen

Ganz überraschend betritt leise die Sonne das Zimmer. Im gleichen Moment macht der Recorder „klack" und schweigt. Chopin und etwas Ruhe haben Lisa gut getan. Der Winterschmutz musste von den Fenstern und aus den Gardinen gewaschen werden – war dringend nötig, bevor die Geburtstagsgäste kommen. Danach kam die Müdigkeit. aber zum Glück hat Lisa eine zähe Energie. Also weiter, es gibt noch viel zu tun.
Nächste Woche dürfte es eng in der Wohnung werden. Die Auswahl der Gäste war nicht leicht. Viele Menschen hat Lisa in ihrem Leben kennengelernt, von jedem ist etwas an ihr haften geblieben, das sie beeinflusst hat. Als sie aber aus dem Arbeitsverhältnis ausgeschieden war und Kurs auf ein neues Leben nahm, hatte sie sich vorgenommen, endlich nur noch Menschen in ihren engeren Kreis zu lassen, die sie so akzeptieren, wie sie ist, und die ihrer Seele gut tun. – Lisa wusste gar nicht, dass es so viele sind...
Siebzig Jahre! Eigentlich wollte sie die vergangene Zeit und die, die ihr vielleicht noch bleiben würde, nicht mehr gegeneinander abwägen. Manchmal aber nagt dieser

Gedanke noch leise an ihr. Was ihr Äußeres betrifft, ist es längst nicht mehr so, dass sie jede neue Falte mit Sorge erfüllt. Es sind auch nicht die blauen Äderchen, die Altersflecken oder die glanzlosen Augen – nein, nicht das Spiegelbild ist es, das Lisa zu schaffen macht. Es ist die Kluft zwischen dem Inneren und dem Äußeren – ja, das ist es! Zum Beispiel ist ihr bei den wöchentlichen Treffen mit überwiegend jungen Autoren manchmal, als wisse sie nicht so recht, wo sie hingehört – wo sie sich einordnen soll – eine Unsicherheit, wie sie sie in ihrer Pubertät empfunden hatte. Doch meistens fühlt sie sich durch ihre Ansichten – ihre Lebendigkeit ebenbürtig mit ihnen und vergisst, wie viel älter sie ist.

Siebzig Jahre! Ein langes Leben – eine Berg- und Talfahrt, die mit viel Optimismus bezwungen werden musste. Sie hatte nie erwartet, dass ihr jemand zur Seite stehen würde, hatte immer selbst zugepackt. Und aus den Tälern, in denen sie sich oft befand, wieder auf den Berg zu kommen, war jedes mal ein Erfolgserlebnis, von dem sie keines missen möchte. – Sicher, als ganz junges Mädchen hatte sie auch einmal davon geträumt, zur großen Gesellschaft zu gehören, Geld und ein schönes großes Haus zu haben. Aber ob sie dann glücklicher geworden wäre?

Sie fühlt sich wohl, hat trotz ihres Alters ein gutes Lebensgefühl. Ihr Leben ist lebendig – bereichert durch sinnvolle Tätigkeit und die freundschaftliche Verbundenheit mit Paul. Und was ihre Erwartung an der Ehe betrifft, hat sie inzwischen gelernt, die Grenzen zu akzeptieren. – Doch nach wie vor hasst sie Ungerechtigkeit, Unehrlichkeit und dass sie ständig an den Nägeln knabbert. Sie ist selbstkritisch, leidet unter der Angst, jemanden zu verletzen, meidet Auseinandersetzungen, möchte deshalb nicht gern mit Besserwissern und Wichtigtuern zusammen sein. Doch sie toleriert auch sie so, wie sie alle

Menschen toleriert, egal wie sie sind. Noch etwas, sie mag keine Fremdwörter. Nur das Wort Adjektiv, das mag sie, weil früher ein Überangebot an Adjektiven in ihren Geschichten ständig bemängelt worden war. Trotzdem ist sie immer noch der Meinung, dass gerade die Adjektive ihre Geschichten lebendig machen.
Bald werden alle mit ihr anstoßen. Sie wird sich festlich schmücken und wie einen Oldtimer auf Hochglanz polieren. Das Haar getönt – mit einem leichten Rotstich, um Gottes willen kein zu enges Kleid und das Gesicht nicht ohne ein dezentes Make-up. Schließlich muss sie ja nicht alles preisgeben. Sie wird die bei solchen Gelegenheiten üblichen „Komplimente" über sich ergehen lassen: - Siebzig? Das sieht man dir nicht an. – Hast dich gut gehalten. – Meine Güte, dass du schon siebzig bist! Sie wird sich fühlen wie ein gut gepflegter Garagenwagen, der unter der Haube – ja, was steckt denn noch so unter der Haube? Für dieses Alter, so sagen manche ihrer Bekannten, noch ganz schön viel Schubkraft. Der Motor ist auch Ordnung, wie man ihr neulich noch bei der „Inspektion" bestätigte, nur ein wenig zu stark gefettet. Und das „Andere"? Na ja, wenn man bedenkt, das Gefühle nicht altern – aber das Andere ist ihr nicht mehr ganz so wichtig. – Obwohl, wie man so sagt, ein wenig Sex gut für die Kreativität und die Haut sein soll. Doch die Erfahrung hat sie gelehrt, dass ein Besuch beim Friseur, bei der Kosmetikerin oder ein ausgiebiger Lusteinkauf den gleichen Zweck erfüllen können.

Lisas Geburtstag

Nun scheint der völlig ertrunkene Winter endlich vorbei zu sein, denkt Lisa, als sie in der Früh' das Fenster öffnet. Ein Augenschmaus nach dem vielen Grau, denn seit zwei Tagen verzaubert der Frühling golden-warm das schwarze Geäst, lässt gelbe und zartgrüne Hügellandschaften entstehen. Ein Singen ist in der Luft, und es duftet nach warmer Erde. Lisa aber verströmt den Geruch von Salbe, ihr geht es nicht gut. „Gürtelrose", sagte der Arzt. Gegen Rosen hat sie ja wirklich nichts. Sie liebt Rosen. Aber auf dem nackten Körper? – Das geht einfach zu weit! Ruhe bewahren, heißt es jetzt für sie. Nicht nur ihre Geburtstagsfeier fällt aus, sondern zu allem Übel auch ihr Computer – das heißt, der Monitor. Auch das noch! Höhere Gewalt? – Wer daran wohl gedreht haben mag? Etwas für die Gesundheit tun ist angesagt. Der Arzt rät zu Waldspaziergängen – als Balsam für die ehe- und computergestresste Nerven? Nun wird sie notgedrungen ihrer „Hälfte" auf den Wecker gehen – ihn in seiner gepachteten „Waldesruhe" stören müssen, er ist nun mal lieber alleine. „Guten Morgen!", sagt sie schläfrig, als sie in die Küche kommt. Wie jeden Morgen – vorausgesetzt, der Ehehimmel ist wolkenlos – legt sie zur Begrüßung die Arme um seinen Hals, und er sie seinen um ihre Hüften und gibt ihr mit den Worten „Da isse ja" einen Klaps auf den Po. Das ist schon viel, denn seine liebende Seite ist recht knapp geschnitten. Aber die Art, wie er ihr guten Morgen sagt, die mag sie, denn dieses „Da isse ja" klingt in ihren Ohren wie – ja, wie das Bullern eines Kachelofens – warm, tief aus dem Inneren kommend. Und wer diesen mürrisch erscheinenden Einzelgänger gut kennt, der kann verstehen, warum das für Lisa etwas Besonderes ist. In dieser Geste steckt seine Junggesellen-Schüchternheit, eine rührende, etwas verschämte Innig-

keit, die sich aber schlecht einordnen lässt, wie fast alles bei ihm.
Oh, wie beneidet sie den Schlaf, den sie auf dem Bettlaken zurücklassen musste." Trotz der Kalt-Wasser-Güsse fällt es ihr schwer, die Augen richtig zu öffnen. „Bin ich noch müde", sagt sie gähnend, immer noch an Pauls Schulter gelehnt.
„Das macht das Alter", erwidert er. „Du brauchst aber noch nicht aufzustehen."
„Ich werde doch nicht das bisschen Zeit, das mir noch bleibt, verschlafen", meint sie.
„Soon Quatsch!", sagt Paul, lässt Lisa los und holt unter dem Tisch einen Strauß dunkelroter Rosen hervor. Nur an runden Geburtstagen bekommt Lisa Blumen, immer dunkelrote Rosen. Da lässt er sich nicht lumpen. Er nimmt sie noch einmal so richtig in den Arm. „Herzlichen Glückwunsch zum achtzigsten Geburtstag", sagt er theatralisch. Typisch, hält anderen gern sein eigenes Alter auf. Selbst mogelt er sich möglichst unauffällig durchs Leben, ignoriert seine Geburtstage, auch die runden, wie einer, der vom Gespenst „Alter" nicht ertappt werden will. Ein wenig hat seine Gleichgültigkeit schon auf Lisa abgefärbt. Zum Beispiel sind Hochzeitstage auch bei ihr schon lange in Vergessenheit geraten. – Hätten sie nicht irgendwann vor fünf Jahren Silberne feiern müssen? – Aber ihren runden Geburtstagen kann Paul nicht entkommen. Die Vorbereitungen bringen seinen Alltagstrott total durcheinander. Shake Hands und Small Talk beim Geburtstagsempfang geben ihm dann den Rest. – Da stellt sich doch die Frage, schenkt er ihr die Rosen zur Freude, oder sind sie Ausdruck seiner Glückseligkeit, bald wieder seine Ruhe zu haben...? Und – war da nicht gerade in seiner Stimme eine Zufriedenheit zu spüren? Wie bringt sie ihm nur bei, dass die Feier nur aufgeschoben ist, und er sie noch vor sich haben wird?

Wie jeden Morgen hat er schon gefrühstückt um sieben. – Heute hätte er ruhig mal den Tisch decken können. Zur Abwechslung mal gemeinsam frühstücken – wäre schön gewesen. Aber wie immer steht nur die Kaffeetasse an Lisas Platz. Den Rest des Tisches bedeckt die Zeitung. Doch immerhin bemüht er sich, aus dem Sammelsurium des Spülmaschinengeschirrs die gleichen Tassen herauszusuchen. Das ist doch schon ein ganz kleiner Ansatz von Tischkultur. Er ist ja der Meinung, er habe Tischkultur, halt nur eine andere – eine Junggesellen-Tischkultur eben. Inzwischen passt Lisa sich ihm aber auch gerne an – der Bequemlichkeit wegen. Also nimmt sie auch heute die Stulle auf die Faust, während Pauls Nase in der Zeitung steckt.
„Hier steht, dass jeder Bundesbürger im Jahr umgerechnet 171,7 Liter Bier trinkt. Ich möchte nur wissen, wer dann meine 171,7 Liter Bier trinkt?"
„Soll dir doch egal sein, wer den Bierbauch kriegt", meint Lisa. – „Nimmst du mich heute mit in den Wald?"
„Wenn's sein muss."
„Ja, es muss sein. Das Wetter ist schön."
„Mir ist jedes Wetter recht, ich gehe bei jedem Wetter in den Wald, nur warm muss es sein und die Sonne scheinen", blödelt er.
Es sind zwar immer die gleichen Blödeleien, die er von sich gibt, aber Lisa gefallen sie.

Gedanken im Schnee

Die Blumen im Garten sind nun erfroren, jetzt blüht überall der Schnee. Lisa begleitet Paul heute auf seinem Spaziergang – fast schweigend, nur nichts zerreden. Das

Geräusch der Schritte auf dem verharschten Schnee sprengt fast die Stille, und Lisa wünscht, sie könnte leiser gehen.
Das Leben ist schön! Seit sie mehr Zeit hat, nimmt sie es bewusster wahr, freut sich über jeden Tag. Eng aneinandergeschmiegt geht ein junges Paar vorbei. – Dessen Freude wird wohl eine andere sein – eine Freude noch voller Erwartungen...
Erwartungen und Träume, die hatte Lisa mehr als genug. Zur Bühne wollte sie. Das war ihr schönster Traum. Aber dann heiratete sie Eric, ihre erste große Liebe. Danach hatte sich keine der Musen mehr sonderlich um sie gekümmert. Vielleicht war es aber auch sie selbst, die den Musen keine Beachtung mehr schenken konnte? Sie hatte ja jetzt Familie. Obwohl – ein ganz klein wenig haben die Musen sie immer berührt, so im Vorbeihuschen, und das ist geblieben, hat sich sogar wieder verstärkt, als sie nach der Trennung von Eric Paul heiratete. Paul, den Stillen – Verschlossenen. Seine Gedanken und Gefühle hängen in hellen und dunklen Farben an den Wänden im Wohnzimmer.
Nun hat ihr letzter Lebensabschnitt begonnen, und angesichts der wohl noch wenigen Zentimeter an ihrem Lebensband wird sie unruhig, hat das Gefühl, den richtigen Weg verfehlt zu haben. Sie spürt, dass das, was in der Hast des Lebens verborgen geblieben ist, nun darauf wartet, sich wie Knospen zu einem Strauß – einem herbstlichen Strauß zu entfalten, um ihren Rest Leben zu füllen. – Ihr zweites Leben? – Nein, ihr drittes – oder sogar viertes...?
Das zweite Leben begann wohl, als der Krieg zu Ende war. Gott hätte ihnen ein zweites Leben geschenkt, hatte Mutter zu ihr gesagt. Damals hat Lisa es nicht verstanden, hat sich nie Gedanken darüber gemacht, ob man lebt, um zu leben oder gleich wieder zu sterben. Leben

und Tod wohnten ja Tür an Tür. Dann kam ihr Leben mit Eric – ein schrecklich trauriges Leben, das ihr aber Christina geschenkt hat. Erst nach der Trennung von Eric begann für Lisa wieder ein Leben voller Hoffnung, das Leben mit Paul, dem vierten Leben also – dem Leben mit der Möglichkeit, den Herbststrauß blühen zu sehen. Aber Lisa befürchtet, dass die Zeit nicht mehr ausreichen wird, alle Knospen erblühen zu lassen...

Hinter der Wegbiegung entdeckt sie das junge Paar auf einer Bank, zärtlich aneinandergeschmiegt. Ein Bild voller Harmonie und Wärme – ein Bild, das noch die ganze Fülle eines Lebens birgt, die, hat man schon einen Teil davon durchlebt, Ruhe erwachen lässt. Sie schaut zu Paul, dessen Gesicht immer mürrisch, aber auch zufrieden wirkt – zufrieden mit sich und seinen Gedanken. Aber jetzt, wo er zu dem jungen Paar hinüberschaut, entdeckt sie bei ihm ein Lächeln.

Es hat wieder zu schneien begonnen. Lisa streift ihren Handschuh ab, fängt ein paar Flocken auf – Blumen aus Eis und Licht. Wie Kristalle liegen sie auf ihrer Hand, bis sie zerfließen. Sie fühlt sich fast wie eine Diebin, die ihnen ihre Schönheit raubte.

Gedrängt von Erinnerung und Übermut greift Lisa in das luftige Weiß. Ein Schneeball zerspringt auf Pauls Rücken. Er wehrt sich. Wie ein Schlachtruf begleitet ihr Lachen den kleinen Kampf. Für einen kurzen Augenblick hatten sie einen gemeinsamen Gedanken...

Immer dichter wird das Schneetreiben und in die Stille hinein erklingt plötzlich fröhliches Lachen, je näher sie dem See kommen. Eine ausgelassene Schar schlittert über das Eis, saust auf Schlittschuhen umher, dreht Pirouetten, hinterlässt Spuren auf der verschneiten Fläche. Aufgeregt überfliegen die gefiederten Bewohner des Sees das Treiben, landen rutschend auf ihren Hinterteilen, watscheln auf unsicheren Beinchen zur Wasserstelle

und flattern zugeworfenen Brotstückchen hinterher. – Ein Wintermärchen, wie es schöner nicht sein kann.
Ein paar Schritte weiter und der Schnee schluckt wieder alle Geräusche, als hätte es nie etwas anderes als Stille gegeben. Wie ein frischbezogenes Bett liegt da eine große weiße Fläche, bewacht von einem Riesen aus Eis. – Was nutzt es ihm schon, ein Riese zu sein; er wird bald zerrinnen und sich über die Wiese ergießen. Er wird vergehen wie die Stille, die Träume, die Jugend, und wie das Leben...

Es weihnachtet wieder

„Weihnachten! – Weihnachten! Was soll der Unsinn noch?", moppert Paul. „Kerzen, die man das ganze Jahr über brennen kann, Lieder, die man sich unwillig und mühsam aus der Kehle presst. Weihnachtsgeschenke einkaufen – der größte Blödsinn! Man kann sich doch zu jeder Zeit was kaufen und schenken. Und dann die maßlose Völlerei, bis dir speiübel wird. – Nur wegen Weihnachten? Ohne mich!"
Jedes Jahr die gleichen Einwände. Warum fragt Lisa ihn eigentlich immer wieder, was er essen möchte oder sie ihm schenken soll. Sie wird sich die vorweihnachtliche Stimmung durch nichts verderben lassen. Sie liebt Heimlichkeiten, die aus jeder Ecke zu knistern scheinen, die herrlichen Düfte in den Zimmern, liebt die Stimmung an den Festtagen. Kann Paul das alles vergessen haben? Etwas muss doch haften geblieben sein...
Wie gern träumt Lisa sich in ihre Kindheit zurück. Nirgendwo auf der Welt konnte Weihnachten schöner sein, als bei Lisa zu Hause in der behagliche Wohnküche mit dem gemütlichen braunen Ledersofa, dem Herd, dessen Platte im Winter oft glühendrot

schimmerte, und in dessen Backofen sich die durchgefrorenen Füße so herrlich wärmen ließen, bis sie prickelten. Da war die Schaukel, die im Rahmen der Speisekammertür befestigt war. Schaukeln war herrlich! Man schwebte über das Sofa und hinein in die Kammer, hin und her. Manchmal stieß Lisa sich den Po an den Regalen.

Ja, arm waren sie. Aber Lisa und ihre Geschwister spürten das kaum, ihre Weihnachtswünsche wurden meist erfüllt. Schon Wochen vor dem Fest war Vater nur im Keller zu finden, sägte, schmirgelte, und im ganzen Haus duftete es nach Holz. Mutter nähte immerzu, meist bis in die späte Nacht, und Lisas Schlaflied war das Summen der Nähmaschine...

An ein Weihnachtsfest erinnert sich Lisa ganz besonders. Mutters Versprechen, sie in die Kirche mitzunehmen, beschäftigte sie. Zum ersten Mal durfte sie mit! Sie fühlt noch heute, wie Mutter sie hochhob, auf den Tisch setzte, ihr weiße Kniestrümpfe mit Bommeln an den Seiten und schwarze Lackschuhe anzog. Noch nie hatte sie so schöne Schuhe besessen. Sie glänzten wie der Linoleumboden in der Küche, der von Vater immer mit dem schweren Bohnerblock bearbeitet wurde. Zuletzt holte Mutter das Festtagskleid aus dem Schrank, das schon seit langem fertig genäht im Verborgenen auf diesen Tag gewartet hatte.

Zum Kirchenportal hinauf führten mächtig hohe Stufen, die für Lisas Beinchen viel zu hoch waren. Fast klettern musste sie und wäre sicher hingefallen, hätte ihr nicht Mutters warme Hand Halt und Sicherheit gegeben. Als sie dann die Kirche betraten, legte sich die Stille auf Lisas Plappermäulchen, machte es stumm und andächtig. Die Sitzfläche der Holzbank, in die Lisa gesetzt wurde, war groß und breit, so breit, dass ihre Fußspitzen gerade so eben über den Rand hinausragten. Über ihr, auf einem kleinen Podest stand die Mutter Maria mit dem Jesuskind. Sie schaute es genauso lieb an, wie Mutter Lisa immer lieb anschaute. Lisa wusste damals noch nicht, wer die Frau da oben an der Säule war. Sie hieß wie ihre Mutter, lächelte ebenso wie sie und war wunderschön. Auf dem Weg nach Hause musste Lisa immer an sie denken.

Lisas Vater musste zu Hause bleiben, weil er einen Tannenbaum zaubern wollte. Dazu nahm er einen Besenstiel, bohrte Löcher hinein, in die er Zweige steckte, die er beim Händler aufgelesen hatte. Für einen echten Tannenbaum fehlte meistens das Geld. Aber Vater wusste sich immer zu helfen. Die Vorbereitungen waren wohl erledigt, denn er saß im Schlafzimmer auf der Chaiselongue, die ihren Platz vor den Betten hatte. Die Tür zur Wohnküche war verschlossen und es duftete geheimnisvoll. Lisas Geduld war zum Zerreißen gespannt.

Irgendwann verschwand Vater hinter der geheimnisvollen Tür. Dann war das vertraute Läuten der kleinen Engel zu hören, die, auf der Spitze des Tannenbaumes, angetrieben von der Wärme der brennenden Stearinkerzen, die Weihnacht einläuteten. Endlich öffnete sich die Tür! Was da alles unter dem Tannenbaum stand! Ein Pferdefuhrwerk für Lisas Bruder, ein Kaufladen für die Schwester und für sie eine Puppenküche, die genauso aussah, wie die Küche, in der alle wohnten und die Vater auch selbst geschreinert hatte – hellgrün mit kleinen Perlleisten verziert. Sogar die kleine Uhr hatte einen grünen Rahmen wie die große, die über dem Ledersofa hing. Die Puppen trugen neue, von Mutter genähte Kleider. Natürlich gab es auch etwas anzuziehen. Und statt des Häufchens Zucker, das Mutter nach jedem Mittagessen auf den Tisch gab, um allen den Süßhunger zu stillen, lagen richtige Süßigkeiten auf den Tellern.

Ins Bett brachte Mutter Lisa erst, als sie zwischen ihren Spielsachen eingeschlafen war. Aber Lisa spürte noch, wie Mutter sie zudeckte. Und als sie noch einmal die Augen öffnete, sah sie über sich ihr Gesicht. Und im Schein der Lampe aus dem Nebenzimmer sah sie tatsächlich aus wie die Mutter Maria an der Säule...

Ob Paul solche Erinnerungen wirklich nicht hat? Aber am Heiligen Abend, das weiß Lisa, wird er sich wie jedes Jahr, wenn auch widerwillig, ein anderes Hemd und eine andere Hose anziehen, um am festlich gedeckten Tisch einen weihnachtlichen Eindruck zu machen. Er wird es sich schmecken lassen und da nach die Weihnachtsgeschenke auspacken. Er wird die weihnachtliche Musik im Hintergrund ertragen und sich später vor dem Fernseher am Weihnachtsprogramm erfreuen. – Halleluja Paul!

6 in einem Abteil... (Zuggedanken)

„Achtung auf Gleis zwei! Der Intercity nach Klagenfurt über Heidelberg, München, Salzburg hat jetzt Einfahrt. Vorsicht bitte!"
Wagen-Nr.? – 35... – 21,23... 28, 29,30... 35.
Ist das ein Gewimmel. Mensch, beeil dich. Gnädige Frau braucht wohl eine Anleitung. Ob die gar nicht merkt, dass sie mit dem Gepäck in der Hand nicht durch die Tür passt? – Na also. Rein in den Brutkasten.
Aua! Mist, diese verflixten Pendeltüren! Da kommt man doch kaum mit Gepäck durch. – Platz 81? Ach du meine Güte! Natürlich am anderen Ende.
1 bis 6, bis 12, bis 18, wäre ich doch nur bei der nächsten Tür eingestiegen. Müssen die alle im Gang stehen bleiben? Dicker, zieh' den Bauch ein...
Boing! „Oh, Verzeihung!" Voll rein mit dem Ellbogen in sein Wohlstandspolster.
47... Verflixte Schaukelei! Und diese Hitze! – Na endlich! – Besetzt, bis auf Platz 81 in der Mitte – natürlich gegen die Fahrtrichtung. Auch das noch. Jetzt versperr' ich auch noch den Gang. Wohin mit dem Gepäck?
„Kann ich mal vorbei?"
„Kann ich mal vorbei?"

Die sind wohl alle an der falschen Tür eingestiegen. Wenn ich doch nur schon säße.
„Geben Sie mir doch schon mal ihren Koffer." – Eine Stimme aus dem Abteil.
„Oh, sehr freundlich, danke!"
Netter junger Mann, bringt doch tatsächlich mein Gepäck noch unter. „Nochmals danke, vielen Dank!"
Endlich sitzen! Hier werde ich ersticken. Sechs verschwitzte Leiber dicht an dicht bei der Hitze. Meine Urlaubsstimmung hat sich verflüssigt, sie klebt an mir. Hätte mich doch für einen Großraumwagen entscheiden sollen.
Die Hitze scheint wohl jeden zu lähmen, niemand spricht ein Wort...
„Die Bahn hat ihren Preis, und jeder kann ihn drücken." „Intercity ist der feine Unterschied zwischen Tempo und Hektik. – Intercity ist der feine Untersch..." – „Müssen die uns ihre blöden Werbesprüche vor die Nase hängen?!
„Intercity ist..." Hoffentlich hab ich zu Hause alles ausgeschaltet. – Das Küchenfenster war offen – ja, das hab ich zugemacht. Besser ich rufe Pauline an, sie soll nachsehen.
„Intercity ist..." – Oh, Köln.
„Würden Sie bitte mal das Fenster öffnen?"
„Danke!"
Wenn die zwei gefärbten Flusenbüschel da rechts und links der Tür mit der Schmuserei aufhörten, könnte man auch die Tür öffnen. – Aber würde das was bringen? Auf dem Gang stehen sie ja auch wie die Ölsardinen in der Dose. Da lobe ich mir doch meinen Platz, egal, ob rückwärts, eng oder stickig, Hauptsache sitzen.
„Die Bahn hat ihren Preis, und jeder kann ihn drücken."
Mensch, schon wieder! Aber wo soll man in dem Käfig auch sonst hingucken?
Ich hab doch so ein Klatschblatt gekauft... Mal sehen, was die Promis so machen: „Boris und Babs geschieden!" – Warum treibt er sich auch in Wäschekammern herum? „Wenn

plötzlich die Prothese wackelt."
Das ist ja nicht zum Aushalten! Die Keiferei der beiden am Fenster geht mir auf den Geist.
"Nein, Mutter, wann kapierst du es nur? Wir müssen in Mannheim umsteigen!"
Aha, Mutter und Tochter. Auch nicht gerade das beste Verhältnis. Gott sei Dank sind wir gleich in Mannheim.
Wo war ich denn? Ach da: "Steigerung von Lust und Ausdauer bei Männern und Frauen." – Hm, wie lehrreich doch son Blättchen ist. "Sex im Zugabteil. Mann, Mitte dreißig, mit weltmännischem Auftreten, hatte in Frau... – Gott sei Dank, die Nervtöter packen. Wie die da rumzerrt. Gleich kommen alle Koffer runter... Da ist ja schon wieder der junge Mann. – Wirklich, sehr nett und hilfsbereit. Nur kauen dürfte er nicht immer.
Ob ich mich ans Fenster setzen soll? – Ach, schon zu spät! So, noch mal: "Mann Mitte dreißig mmm... hatte in Frauen die romantische Vorstellung geweckt, auf Luxusschiffen zu reisen und in eleganten Hotels zu wohnen. Aber seine Wunschträume waren nur Liebesabenteuer in Zugabteilen."
Ha! Das ist der Stoff, von dem die Skandalblätter leben. –
...nur Liebesabenteuer in Zugabteilen... Muss der eine Menge enttäuschter Frauen zurückgelassen haben...
Igitt, stinkt das hier! Der Neuzugang am Fenster ist wohl Vertreter für Mottenvertilgungsmittel. – Komisches Ehepaar. Die haben noch kein Wort miteinander geredet. Der hat's nur mit seiner Bügelfalte. Seine Finger müssten doch schon Schwielen haben vom Drüberstreichen. Ah, jetzt liest er. Sie strickt. Aber Vertreter? Neee! Eher Beamter. Bin fast sicher. Erinnert stark an meinen Ex. Oh, sie steht auf... Das gibt es nicht! Die ist doch tatsächlich nur aufgestanden, um ihre Handtasche im Gepäcknetz gerade zu rücken. Er duldet sicher keine Unordnung. Genau wie mein Ex. Boo! Wenn ich da noch länger hingucke, wird mir der BH zu eng.
"...zwischen Tempo und Hektik..."

Aber Sex im Zugabteil? Na, ich weiß nicht. Ist doch unromantisch bei dem Geratter – total ungemütlich... Kann ich mir überhaupt nicht vorstellen... „...der kleine Unterschied zwischen Tempo..."
Oder doch? Wenn ich so darüber nachdenke... Urlaubsstimmung, nette Zugbekanntschaft... Ob die jungen Leute es im Zug täten? Die hätten sicher keine Probleme. Die sehen alles viel lockerer, sind nicht so verklemmt wie unsere Generation. Und das Ehepaar am Fenster? Komische Vorstellung. Bestimmt nicht! Seine Schärfe liegt eher in der Bügelfalte seiner Hose... Die werden auch ihre festen Regeln haben, alles nach der Uhr, Kreuzchen im Kalender und so. Kenn' ich von meinem Ex, der sah übrigens genauso mürrisch aus mit seinen Leidensfalten längs der Mundwinkel wie der am Fenster.
„...zwischen Tempo und..."
Was der für lange weiße Finger hat...Wenn ich mir so vorstelle, wie der damit nach ihr grabscht, sie in die weichen Polster drückt, und sie stumm rebellierend ihre Füße gegen die Abteiltür stemmt. Vielleicht möchte sie ihm dann mit Wonne so ganz genüsslich zwei Finger in die Augen drücken. Das Gefühl kenne ich...
Aha, scheint Zeit zum Essen zu sein, der gnädige Herr hat auf die Uhr geschaut. Wohl das wichtigste Utensil in seinem Leben. Bei meinem Ex war das auch so. Wie die spurt. Du meine Güte! Der lässt sie doch tatsächlich die schwere Tasche allein runterasten. – Sie legt ihm sogar die Serviette auf den Schoß. Na, wenigstens isst er sein Brötchen selbst. Stocksteif sitzen die da – stocksteif! Verziehen keine Miene. Wie in einem Film von Loriot.
Oh, Gott! Mottenpulver, Schweiß, und jetzt noch Limburger. Ist das eine Luft. Puuuh!
„Die Bahn hat ihren Preis, und keiner kann ihn..."
Ach, Stuttgart! Bald hab' ich's geschafft. Die jungen Leute scheinen aussteigen zu wollen, und die am Fenster haben

endlich ihre Mahlzeit beendet. Wie der die Fältchen aus dem Stanniolpapier streicht und die Finger dabei spreizt. Natürlich, sie muss die Tasche wieder alleine nach oben stemmen... Um Gottes Willen – Peng! Volltreffer!!! Erst auf seinen Kopf, auf seine Hand, oh, und auf das Stanniolpapier. Das wird jetzt wieder Falten haben.
„Kannst du nicht aufpassen!"
Da schreit doch dieser faule Kerl sie noch an. „Entschuldige bitte, entschuldige!"
Booo! Und sie entschuldigt sich auch noch bei dem Blödmann.
„Na, endlich mal was los hier. Ich dachte schon, die wären alle eingefroren."
Sieh da, das junge Mädchen kann auch reden, nicht nur schmusen. - Ist das ein ulkiges Ding. Sieht aus wie ein rotgefärbtes Huhn, das von seinem federfressenden Hahn gerupft worden ist. Aber Recht hat sie, ist schon eine recht schweigsame Bahnfahrt – aber eine amüsante... Tschüß, ihr beiden!
Schnell rüberrutschen, Schuhe aus und die alten, schmerzenden Füße auf den Sitz gegenüber. – Ein herrliches Gefühl...! Das ist der feine Unterschied...
Jetzt versperr´ ich die Tür, aber meine Gefühle sind garantiert anders als die der jungen Leute – sie sind – na ja – eben anders – ganz anders...

Reflexionen am Ende

„Zwischen Petroleumlampen und Atommüll"

Eines wissen wir, die Zeit hat ihre Zeit. Nach der Uhr gemessen hat eine Stunde 60 Minuten.
Doch früher fühlte sich eine Stunde viel länger an als heute. Aber was war früher der Inhalt eines Tages? – Armut überall, warten auf den versprochenen Spaziergang, warten auf den Besuch, warten, bis Vater nach Hause kam mit etwas, das er organisiert hatte, um unseren Hunger zu stillen. Das waren die Alltäglichkeiten. Die große Erwerbslosenzeit lähmte die hungrigen Menschen, ihnen ging es schlecht.
Zum Hunger kam der Krieg – fast sechs Jahre – grenzenlose Angst – eine Angst, die nicht enden wollte, die jedes Zeitgefühl ausschaltete. Väter traten der Partei bei – ob sie wollten oder nicht – Führer befiehl, wir mussten ihm folgen.
Danach, das Erwachen – ich lebe… Zurück blieben eine Trümmerwelt – und die Frage, bin ich noch Kind oder schon erwachsen?
Beschäftigung? Steine klopfen für den Wiederaufbau.

Heute bin ich 85 Jahre alt, da sind die rapiden Veränderungen unserer Welt – unseres Lebens nur schwer nachvollziehbar. Auf jedem Sektor, sei es die wirtschaftliche oder gesellschaftliche- Entwicklung, der Fortschritt in der Medizin, der Technik, der Wissenschaft oder auch der Wettlauf im Weltraum – noch Vieles mehr hat sich ereignet und das Leben verändert. Die Zeit rast unaufhaltsam.

Die Inhalte unserer Tage sind verwirrend, fast unüberschaubar geworden. Ich möchte behaupten, dass keine Generation so viel zu verarbeiten hatte wie die meine.

Von Etti Ruhöfer im selben Verlag bereits erschienen:
Damit Erinnerung nicht verloren geht – Fragmente eines Lebens (September 2015)